Le soupir du batracien

Auteur : Alain Harmas

http://legrandcanal.com/

Le soupir du batracien

alain harmas

Lecteur

Je te livre mes réflexions sur le gentilé batracien. Il m'a fallu parvenir à une certaine distanciation pour identifier ses rites.

J'ai tenté de recueillir une pleine *« gamatte »* de ses mœurs en vigueur dans toute la constellation du cosmos terrestre. Je te laisse imaginer un décor à ta convenance pour que tu puisses projeter cette farce sur ta toile de fond. Peut-être même rendre concret ce qui semble fort abstrait.

Sur cet espace vont évoluer quatre personnages qui pour des raisons inavouées se réunissent depuis des lunes sans parvenir à conclure.

Ils prétendent parvenir à l'unisson.

Unisson batracien évidemment puisque telle est l'intention, faut-il préciser.

Il me semble que leurs « *soupirs* » qualifient bien ces instants inachevés, tant les évolutions semblent erratiques…

Puisque nous étions sur la constellation de Batracien… tout naturellement, je nommai cette sotie *« Le soupir du batracien »*.

Je proposai ce texte à quelques mandarins faisant profession d'éditeur, ils le dédaignèrent, n'y voyant que banale tapinose…

Fort bien !

Les arcanes de la diffusion offraient d'autres moyens cosmiques que je décidai de chevaucher avec énergie, mais le dire me fut plus aisé que le faire. Pour atteindre la maîtrise de l'ensemble, il me fallut franchir moult, découvertes, instructions, lectures, et formations pour parvenir aux techniques ad hoc.

Enfin, le jour vint, tel l'insecte, fendant la chrysalide, je parvins à diffuser ma petite farce sur les réseaux.

Obscurément, je crains avoir laissé quelques coquilles, bisbilles, faute de mots, orthographes et même pensée sautillante ou douteuse : j'assume ! Fustigez le scribe, j'y consens, mais ne restez pas muet dans votre coin, délivrez-vous de votre aigreur en diffusant vos corrections paroles et conseils sur mon ubiquitaire adresse :

alainharmas@gmail.com

Je répondrai à chaque missive, c'est promis.

Bons chemins de lectures.

harmas.

Acte 1

Le fond de scène est couvert d'affiches de plusieurs tailles vestiges d'une élection.

Une photo d'un candidat en pied est lacérée, la tête est très endommagée.

Une autre n'est qu'une silhouette également en pied surchargée de taches de peinture, des lambeaux pendent.

Le plateau est encombré de chaises, tables renversées, papiers épars, des bouteilles trainent, un téléphone antique est posé sur le sol.

Quelques drapeaux rouges pendent aux murs.

AAL entre lentement, s'arrête, regarde, lève les épaules, ramasse un drapeau tricolore enroulé, fermé par un cordon. Il n'a pas été déplié, il l'appuie debout contre le mur.

Il porte un journal.

Il redresse une table, une chaise, s'installe, les pieds sur la table, déplie le journal, il lit.

(CRUM entre sur le plateau.)

CRUM. Tiens ! AAL ! Tu es déjà là !

AAL. Adieu CRUM !

CRUM. *(Tourne sur lui-même, hésite.)* Tu n'es pas venu vendredi !

AAL. Non !

CRUM. Tiens ! Tiens !

AAL. Quel est le sens de ton « Tiens ! Tiens ! »

CRUM. Rien !

AAL. Il faut savoir, est-ce un : « Tiens ! Tiens ! » ou un « Rien ! »

CRUM. Bof !

AAL. Nuance CRUM : « Tiens ! Tiens ! » appartient au style dubitatif, « Rien ! » exprime une passive irrésolution !

CRUM. Tu es pénible... tu connais la raison de ton absence !

AAL. Je recherche la précision... oui, je connais la raison de mon absence.

CRUM. Nous... on ne sait pas... c'est...

AAL. *(Ironique éclate de rire, pontifiant.)* Jadis, ne fûtes-vous jamais absents ?

CRUM. C'est possible, je n'ai pas souvenance !

AAL. Cherche !

CRUM. Je ne suis pas certain...

AAL. Tu es passionnant CRUM !

CRUM. Je voulais dire qu'il n'est pas certain que tu aies remarqué...

AAL. Vos absences ?

CRUM. Exact !

AAL. Vous deviez avoir une bonne raison d'être ailleurs... *(Pompeux.)* en quoi, eût-il fallu que je m'interrogeasse ?

CRUM. Tu ne raisonnes pas comme nous !

AAL. Comme nous... c'est qui nous ?

CRUM. Moi... DÜNN... ELLA !

AAL. Parce que, vous raisonnez ?

CRUM. Tu ne viens pas... tu ne préviens pas... tu es indifférent... tu ne t'étonnes même pas…

AAL. Depuis dix ans… on se réunit… tous les vendredis. C'est la première fois que tu fais un gros étron chaud sur mon absence...

CRUM. Et soudain, tu sur-réagis !

AAL. Je... quoi ?

CRUM. Tu ne sais plus que dire...

AAL. Ton salmigondis est tellement indigeste !

DÜNN. *(Entre.)* Salut AAL, salut CRUM...

AAL. Adieu, DÜNN !

(Grand silence.)

DÜNN. Il y aurait un nuage dans l'air ?

CRUM. Hum ! C'est que…

AAL. Je te rapporte la situation DÜNN, vois-tu, il est difficile de restituer une pensée hésitante en formulation claire… je résume : ton condisciple hésite entre un « Tiens ! Tiens ! » et un « Rien ! »… pour exprimer sa pensée !

CRUM. Tu es fatigant !

AAL. Tu es imprécis !

CRUM. Je lui demandais pourquoi il...

DÜNN. C'est vrai, au fait pourquoi tu étais absent vendredi ?

AAL. Pour que tu aies quelque chose à dire...

DÜNN. C'est un peu désobligeant ta réponse non ?

AAL. Aussi désobligeant que ta question...

DÜNN. Ainsi, on ne peut te questionner ?

AAL. Des questions unilatérales et inquisitoriales ?

CRUM. Tu vois que tu te mets en marge...

AAL. En marge de quoi...

DÜNN. Tu juges... nos questions... unilatérales...

AAL. J'ai dit, des questions : unilatérales et inquisitoriales !

CRUM. C'est vrai enfin...

AAL. *(Persiste.)* unilatérales et inquisitoriales !

DÜNN. *(Gêné, un peu ironique.)* Unilatérales… heu, si tu veux !

AAL. Bien, quant à l'inquisitorial, il vous est à ce point consubstantiel qu'il en devient votre nature première... notez, que c'est vous qui provoquez…

CRUM. Mais on ne fait que révéler... un état...

DÜNN. Un état ancien...

CRUM. C'est bien toi, vendredi, qui était loin de nous !

AAL. Oh ! Le moment d'émotion, mais c'est vous qui tricotez ces dimensions en épingle... vous interprétez !

DÜNN. Un mécompte, interprété ? Cette absence passée peut avoir des significations concomitantes...

AAL. Significations concomitantes... oh bonne mère ! Quand on n'a rien à se mettre sous une canine de réflexion, on invente une molaire de bêtise ! Des significations concomitantes... du verbiage !

CRUM. Ton outrecuidance...

ELLA. Salut ! Les hommes...

CRUM. Bonjour... ELLA !

DÜNN. Salut... ELLA !

ELLA. Tu vas bien AAL ?

AAL. Adieu... m'dam !

ELLA. Tiens ! Tiens !

AAL. Toi aussi ?

ELLA. Comment moi aussi ?

AAL. Rien !

ELLA. Contrarié monsieur AAL, c'est nouveau, peut-être son absence de vendredi dernier pèse encore sur sa conscience !

AAL. Eh bien, voilà la troïka au complet, toute en verbe. Lorsque CRUM m'a posé sa question, j'ai pensé qu'il plaisantait, c'est rare chez lui, mais non il progressait même dans son délire. Puis, DÜNN a fait de la surenchère, lui c'est normal... heureusement je venais d'être affranchi... lorsque tu as conclu... naturellement.

ELLA. Qu'ai-je conclu ?

AAL. C'est à vous de me l'expliquer...

ELLA. Mais il n'y a rien à expliquer !

AAL. Faudrait-il que je lise entre les lignes ? !

ELLA. Nous t'observons depuis un certain temps...

AAL. ... temps géologiques... certainement !

ELLA. Depuis de longs mois...

AAL. ... mois cosmiques... probablement !

ELLA. Peut-être même quelques années...

AAL. ... années lumières... assurément !

ELLA. Il y a une situation de fait...

AAL. Va au fait !

CRUM. Le fait même de cette situation...

AAL. Vous affecte !

DÜNN. En fait...

AAL. Mais c'est la « fêt' » !

ELLA. Monsieur ironise... Monsieur est hautain !

AAL. Serais-je surréaliste ?

ELLA. Désinvolte, tu te gausses de nous... alors que nous voulions attirer ton attention sur un fonctionnement...

CRUM. Ton insolence...

DÜNN. Ton impertinence...

AAL. Mais vous jouez à quoi ? Cela fait dix ans que l'on se rencontre... tiens... pour quoi au fait ce rituel des vendredis... sans raison… j'en ai même perdu la raison.

ELLA. Tu penses que ton absence de vendredi n'est qu'un instant insignifiant ?

AAL. Songez donc… il y a dix ans, nous supputâmes qu'une copulation à quatre pouvait naître. Je fus d'accord pour participer à notre grossesse. Depuis, on comptabilise les pertes, l'unisson étant lointain, je crois que la grossesse fut seulement nerveuse…

CRUM. Tu insinues que ton absence est un fait insignifiant.

AAL. Mais véniel, anodin, bénin !

DÜNN. Nous on affirme le contraire... cet instant... justement signifie quantité de choses...

ELLA. Laisse-moi parler, DÜNN !

AAL. Tiens ! Tiens ! Il y aurait de la friture chez les coalisés.

ELLA. Tu ne joues pas collectif...

AAL. Peux-tu traduire ?

CRUM. Tu étais absent !

ELLA. CRUM, tais-toi ! *(ELLA grogne et fustige CRUM du regard, il se recule brusquement.)*

AAL. C'est nouveau ça ! Et en dehors de cette absence... et cette aigreur collective hiérarchisée qu'elle provoque... est-ce qu'il y a d'autres symptômes... oh ! toi ! Éminentissima ?

ELLA. Observe-toi...

AAL. Mais c'est un ordre !

ELLA. Un conseil !

AAL. À quel jeu joue-t-on ?

ELLA. Pour analyser ton attitude !

AAL. À l'égard, de qui ?

DÜNN. *(Très irrité avec colère.)* À notre égard !

ELLA. *(Impérative.)* DÜNN, la ferme !

(Tous semblent étonnés de cette soudaine situation... et du pouvoir dont fait preuve ELLA... silence.)

AAL. Elle serait violente, la dame. À qui dois-je répondre ? D'autant que je n'ai rien à dire mon ami... nada... Nothing... Überhaupt nicht...

ELLA. Pourtant, tu étais absent...

CRUM. Tu n'as manifesté aucune délicatesse envers nous... pour nous prévenir !

AAL. Et vous étiez inquiets sans doute… mes pauvres chéris !

DÜNN. Oui !

CRUM. Nos relations ne semblent pas avoir de valeurs...

DÜNN. Tu es distant !

CRUM. Tu es arrogant !

DÜNN. Tu n'as qu'une idée...

CRUM. Il n'a qu'une idée...

ELLA. Faire cavalier seul...

CRUM. Il fait cavalier seul !

AAL. Mon absence d'un jour déclencherait à ce point ce ridicule séisme...

ELLA. C'est ton interprétation...

AAL. Mon absence ou le séisme ridicule ? Vous développez une chimère... vous inventez un mythe... vous êtes anachroniques... vous êtes inconstructibles…

ELLA. Réfléchis AAL !

CRUM. Depuis toujours tu n'es pas avec nous... pourtant on t'avait admis dans notre démarche…

DÜNN. Depuis longtemps... on pense que tu nous espionnes…

ELLA. Depuis le début...

AAL. L'anathème de la troïka, vous êtes malades, des pauvres martyres... des hypocondriaques bouffis d'acquis d'État-providence… des gentilés rives gauches perclus sécuritaires. Espionner des songes creux… des causeries de concierges, embaumés dans vos préjugés… tu veux rire !

CRUM. Tu es méprisant !

DÜNN. Tu es distant !

CRUM. Tu es personnel !

DÜNN. Tu ne joues pas la cohésion...

ELLA. Tu es anti...

AAL. Tu as raison, au début, j'étais anti, à présent, je suis nanti… et ça… ça vous *démangeouille* et même ça vous *gratouille*. Quant à la cohésion, depuis dix ans, vous ergotez sur ce point sans vous mettre d'accord !

ELLA. Tu es anti...

AAL. Tu te répètes ! Une obsession sans doute ! C'est maintenant que tu le remarques... à l'occasion d'une absence ?

ELLA. Tu ne penses qu'à diviser !

AAL. Mais je ne fais qu'écouter vos divisions. Tu veux dire qu'il eût fallu que je m'allie à des incapables, des infirmes du travail, des irréalistes. Tu peux me dire qu'elle a été la dernière décision que vous avez prise à l'unanimité ?

CRUM. Tu nous méprises !

DÜNN. On le sait depuis longtemps...

AAL. Ce qui ne vous a pas empêché de poursuivre une relation depuis dix ans... Si, à présent, vous changez de discours, c'est qu'il y a une raison !

CRUM. ELLA, en notre nom, voulait te présenter notre projet…

AAL. ELLA, porte-parole ou génitrice de la déclaration ? Une proposition à titre... personnelle... privée... collective... pendant le temps de travail... en soirée... en vacances... en voyage.

ELLA. Collégiale !

CRUM. Collective !

DÜNN. Tota… !

ELLA. Tais-toi DÜNN ! *(Elle lui montre trois doigts écartés pour signifier que c'est la troisième fois…)*

AAL. *(Regarde narquois la scène.)* Dommage, le privé me tentait bien, tu es tellement gironde... le hors de toi, te va si bien. Je t'écoute mon ange !

ELLA. *(Ampoulée.)* Nous avons décidé... nous t'avons élu... nous t'offrons la position du plus haut !

AAL. Du plus haut de quoi ?

ELLA. Le pouvoir supérieur !

CRUM. De nos relations !

DÜNN. *(Prudent, regardant ELLA.)* De nos projets !

AAL. Quel mouvement d'ensemble, mais je ne suis pas candidat... cet état changerait quoi par rapport à nos relations actuelles ?

ELLA. Il te donnerait des dimensions...

CRUM. Il légaliserait ta position...

DÜNN. Il officialiserait tes pouvoirs...

AAL. Parce que, j'ai besoin de dimensions... de positions... de pouvoirs ?

CRUM. On a toujours besoin de...

AAL. Foutaise !

ELLA. C'est ce que l'on dit…

AAL. Mais parce que je n'en ai pas besoin !

DÜNN. Tu vois que tu es un individualiste…

AAL. Mais depuis dix ans… j'ai toujours été individualiste… libéral même… un très gros mot… m'avez-vous vu revendiquer une position, une seule fois ?

LA TROÏKA. *(Garde le silence.)*

AAL. Non… Un pouvoir ?

LA TROÏKA. *(Garde le silence, une seconde fois.)*

AAL. Non… Une dimension ?

LA TROÏKA. *(Garde le silence une troisième fois.)*

AAL. Non… Sans position, sans pouvoir, sans dimension, individuellement, j'ai tout conquis… j'ai tout gagné… j'ai tout ce que je voulais… je n'en veux pas davantage… quoi d'autre ? Pendant que vous ergotiez quant à savoir si… chacun sera : moi je… moi tu… moi il… moi nous… et ainsi de suite…

ELLA. Avoue, ton pouvoir, c'est le pouvoir de l'argent !

AAL. Et le tien ?

ELLA. C'est donner du pouvoir au peuple… du sens à sa vie… de l'espoir !

AAL. Par procuration, n'est-ce pas, tu représentes le peuple ! C'est ç'la, depuis ta naissance tu n'as toujours pas coupé le cordon ombilical de la manne d'État tu es le pouvoir « du peuple » et pendant ce temps, le chômage grimpe… l'exportation se dégrade… les entreprises foutent la camp… où sont les résultats des marchands d'éternité.

ELLA. Grossier !

CRUM. Patron !

AAL. L'insulte authentiquement batracienne. Mais moi, je donne du travail, n'est-ce point pour le bien du peuple ?

DÜNN. Tu l'exploites !

ELLA. Il faut un programme qui donne du sens !

AAL. Je crée des emplois... n'est-ce point suffisant ?

ELLA. Il faut un projet !

AAL. C'est c'la, la superstructure coiffant l'infrastructure qui coiffe la structure... elle-même coiffant tout ce qui reste...

DÜNN. Pourquoi étais-tu absent ?

AAL. Allez ! Changeons de registre, mais qu'est-ce ça peut te foutre, c'est une obsession !

CRUM. On veut savoir !

AAL. Vous voulez... quoi ?

ELLA. On veut !

AAL. Vos diktats commencent à me les gercer les amis...

ELLA. Tu as décidé de nous laisser...

CRUM. Quitter...

DÜNN. Trahir...

AAL. Pour trahir, il eut fallu d'abord que j'adhérasse... je ne suis pas une girouette... comme certains de vos amis et leurs opportunismes de carrière... je n'ai jamais gobé vos salades... vos motions, vos courants, vos ateliers qui ne produisent que des logorrhées... grises...

CRUM. Alors les dix ans qui sont passées...

DÜNN. Tu n'as pas...

ELLA. Tu n'as donc... rien... retenu…

AAL. Des mayonnaises de causeries... des évanescentes stratégies... des utopiques motions. Tu me parles de trahir vos rêveries... j'attendais un projet concret.

CRUM. Des projets... on a…

AAL. Cela fait dix ans que vous projetez, sans aucune conclusion. Je crois plutôt que vous avez une frousse bleue... de vous mouiller. C'est si commode de se situer dans l'opposition, bien nourri, logé, blanchi, coalisé. On ne prend pas de responsabilité… sauf pour critiquer… vous avez la peau qui se gerce à l'idée que je vous quitte... ben, il faudra décider !

ELLA. Pourquoi nous quitter ?

AAL. Mais parce que vous êtes insignifiants...

ELLA. Arrogant... tu es arrogant AAL !

AAL. Vous êtes insignifiants... réfugiés dans vos rêves totalitaires transis d'égoïstes corporatistes ! Cela fait dix ans que je compte les points sur votre nullité…

CRUM. Prétentieux... tu es prétentieux AAL !

DÜNN. Vous êtes des médiocres... de simples décors de papier… car vous êtes incapables de prendre une décision.

CRUM. Orgueilleux... tu es orgueilleux AAL !

AAL. Alors... voilà qu'en dix ans, je manque une seule réunion... vous en conjecturez des stratégies séparatistes... et... pour me bloquer, vous m'élisez à une vaniteuse position de supérieur éthéré... guide suprême, petit père du peuple... Führer en somme. Mais en quoi cette nomination changerait mon espace, puisque j'ai toutes mes aises. Je suis déjà le timonier de toutes mes latitudes.

ELLA. Ce serait une position grandiose.

AAL. En somme, je serais chef parce que j'étais absent...

CRUM. Non...

DÜNN. Non... ton absence n'est pas la raison…

CRUM. De ta nomination... au poste suprême.

DÜNN. Ce serait...

AAL. Attends, mais alors... s'il y a un poste suprême... il y aurait un sous-chef... peut-être même une sous-cheftaine... puis derrière des sous-sous-chefs qui s'entre-déchireront pour le poste d'héritier... le tout dans un climat de surenchère, flatterie, rancœur, jalousie... complots... jacqueries... bêtises... pendant qu'au-dessus pontifie le chef sur son cumulonimbus !

ELLA. La structure fonctionne ainsi...

AAL. *L'étatisme total batracien flagorne* ainsi... tu veux dire...

ELLA. Tu ne peux pas nier...

AAL. Je ne nie rien... cela m'est totalement égal... je suis indifféremment contre... je suis au-dessus de vos ragoûts de classes... tu disais : anti-chose...

ELLA. Une structure a le mérite de la clarté...

AAL. Eh ! bien, moi la clarté, c'est lorsqu'il y a le minimum de structure... parce que là au moins on voit exactement la capacité de chacun. Dans tes structures l'individu se grime de règle collective, moi, j'aime bien voir à découvert. Je n'ai besoin d'aucun chef protecteur pour décider... je m'en remets à la compétence... à l'énergie... à la volonté... et même mon ami... au risque... j'aime la responsabilité du risque... là, on identifie clairement la compétence !

ELLA. Ainsi, tu peux profiter de tous les cas qui se présentent...

AAL. Avec le risque de perdre !

ELLA. Nous on aimerait de la clarté... des structures...

CRUM. Nous serions à tes ordres... dans les règles...

DÜNN. Nous serions tes vassaux... dans les procédures...

AAL. Nantis d'acquis sécuritaires à vie... alors parce que vous n'êtes pas assez futés pour tirer profit individuellement des situations qui se présentent... on me nomme au poste suprême pour que je partage mes pouvoirs avec la hiérarchie. Vous voulez des rambardes, des protections, des garde-fous qui vous vont comme un gant... pour régner au milieu du magma des courants protecteurs !

ELLA. Quels courants ?

AAL. Mais le tien CRUM !

CRUM. ...

AAL. Mais le tien DÜNN !

DÜNN. ...

AAL. Et le tien ELLA !

ELLA. ...

AAL. Ces fameux « *courants* ». Il suffit qu'une fois je sois absent pour que se cristallisent leurs angoisses... récurrentes... vous l'avez dit... qui datent de plusieurs années... des années de frustrations... AAL est toujours là... il progresse... et nous, et nous... alors, les courants s'exaspèrent, s'opposent, se déchirent... Voilà soudain qu'il va s'enfuir le bougre avec le pactole. Alors la frousse... de la solitude, la trouille de l'inertie, de la nullité, de l'incompétence... lorsqu'il faut prendre des décisions... ça fait dix ans que vous ne savez pas en prendre... il faut le retenir... le flatter... l'encenser... le diviniser... hypocrites !

ELLA. Tu es puant !

CRUM. Tu es repoussant !

DÜNN. Tu es horrible !

AAL. Oui, mais chef !

CRUM. AAL, je te hais !

AAL. On se dévoile enfin !

DÜNN. AAL, je te hais !

AAL. On se confesse... enfin !

ELLA. Je te hais AAL !

AAL. Dommage ELLA... tu es aussi improductive que les deux autres... sauf que tu es une femme...

ELLA. Est-ce moins facile à admettre ?

AAL. Non... mais j'ai un faible pour les femmes...

ELLA. Même improductive !

AAL. Observe, que je n'ai pas agi comme tes modèles batraciens présidentiels fréquentant les alcôves qu'offrait le pouvoir. Je n'ai pas joui de tes atouts si je peux être précis... Sans doute, tu as quelques trésors cachés... mais ils s'accordent mal à ta grâce batracienne !

ELLA. Tiens !

AAL. Vois-tu, malgré mon faible, pour ton charme, la seule idée de savoir que tu appartiens à cet espace d'étatisme-total-batracien, provoque aussitôt chez moi une brusque répulsion et me pourrit, ton trésor caché... aussi séduisant soit-il !

ELLA. Je te fais observer que tu n'as toujours pas répondu à la question : pourquoi étais-tu absent ?

AAL. Changeons à nouveau de sujet... vous ne m'avez toujours pas affranchi du sens profond de ce vent nouveau ?

CRUM. On, tourne en rond...

AAL. C'est votre affaire... c'est vous qui avez lancé ce débat imbécile... il se résume à ceci : pour éviter qu'il ne se barre, on le nomme chef... c'est ç'la ?

ELLA. Tu sais bien que ce débat ne se résume pas à cette conclusion.

AAL. Je sais, vous jouez tordu, vous voulez au fond une situation codifiée sans exception... et puis songez... dix ans à hériter sans risque !

ELLA. C'est la clarté...

AAL. La clarté de l'alambic, mais voyons ! Pouvez-vous me dire qui me nomme chef ?

CRUM. Moi ! Je l'ai proposé…

DÜNN. Moi ! J'en ai eu l'idée…

ELLA. Moi ! Je l'ai pensé…

AAL. Quel élan collectif… une harmonie !

CRUM. Exactement !

DÜNN. Parfaitement !

ELLA. Au nom du peuple, absolument !

AAL. Évidemment ! Ah ! ce peuple… qui hurle de joie ! Vous représentez le peuple quelle prétention ! Et pourquoi... cette coalition... me nomme-t-elle à cette suprême position ?

ELLA. Parce que, nous l'avons estimé.

AAL. Non, à cause de votre frousse... vous chiez dans votre froc... vous avez besoin d'un tuteur...

CRUM. Parle-nous avec respect !

DÜNN. Avec distance !

ELLA. Avec raison.

AAL. Pendant dix ans, nous n'avons défini aucune hiérarchie, les uns par rapport aux autres et à présent... il faut que j'aie du respect pour une coalition... qui tente de faire front... sur des idées fumeuses ?

ELLA. On est passé à un autre niveau AAL !

AAL. Ouais je vais te parler de ce niveau... car si votre coalition me nomme... qui prouve que votre coalition restera unie ?

ELLA. Parce que nous, nous avons les mêmes idées...

AAL. Pour l'instant, mais, suppose que l'un de vous ne recueille pas dans cette nouvelle organisation tous les résultats de son ambition... pour le poste qu'il convoite... que fera-t-il ? Il cherchera à se démarquer, je peux très bien m'entendre avec l'un d'entre vous pour gagner un pouvoir... une coalition ce n'est qu'une hypothèse temporaire qui évolue...

ELLA. Nous, nous sommes unis...

AAL. Pour l'instant...

CRUM. Monsieur ?!

AAL. Pendant dix ans, vous êtes restés le dos rond... atone... inerte... et soudain…

DÜNN. Tout simplement parce que tu es si dominateur...

AAL. À présent la frousse... vous soude…

CRUM. Tu es plus que dominateur…

DÜNN. Pouvoir personnel quasi total...

AAL. Des mots...

CRUM. Des situations...

DÜNN. Des mots, il dit !

AAL. Non ! Vous êtes restés recroquevillés tel des fossiles... à attendre... attendre que je domine le sujet... les sujets. Puis dans l'ombre vous êtes là... vous tentez de récupérer ce que vous pouvez... hélas ! Alors, vous vous grimez de gris comme l'ombre du soir... ternes comme les ampoules poussiéreuses sous d'antiques abat-jour... inaudibles comme des taupes... vous attendez, tièdes, inertes comme des mollusques rentrés dans leur coquille...

ELLA. Tu ne sais pas...

CRUM. Tu te moques...

DÜNN. Tu ironises...

AAL. Puis brusquement vous vous liguez ! Vous êtes comme ces amphibiens des altiplanos... qui s'enterrent dans la boue... restent des lustres planqués, absents, oubliés... alors, éclate une pluie diluvienne... l'animal émerge vers la manne... c'est la métamorphose en phase finale... là, il éructe « un soupir de batracien ! »

CRUM. Supérieur... monsieur se veut supérieur...

AAL. Nullement... situation idiote... aux têtes de linotte, je réplique par une litote...

DÜNN. Monsieur se fait savant…

ELLA. Monsieur se veut littéraire...

CRUM. Monsieur se croit intéressant...

AAL. C'est normal, vous m'avez nommé chef... n'est-ce pas la consécration ? Logique, non ? Bien qu'à cet instant, je n'aie toujours pas compris où vous vouliez en venir... en dehors de votre mascarade électorale !

CRUM. ... et...

DÜNN. ... avant...

CRUM. ... la phase finale...

DÜNN. ... dont tu parles...

ELLA. ... le début !

AAL. Avant de devenir batracien ?

ELLA. ... juste pour savoir !

AAL. *(Se fait docte, discours ampoulé.)* À l'origine... il y a la larve... le têtard si tu veux, né de l'œuf. Pendant dix ans vous étiez des têtards en attente métamorphique lente... sauf que la chiasse sécuritaire avait paralysé votre croissance... si vous aviez voulu... il vous suffisait de vous émanciper... chacun dans vos capacités... dans vos compétences... dans vos dons... faire face et affronter... mais pendant une décennie, je n'ai entendu que des trémolos d'*étatisme total de batracien*... sur fond de sotte cautèle de têtards !

CRUM. Mais on voulait construire en symbiose avec toi...

AAL. Ouais vous attendiez que ça tombe... vous ne saviez comment me récupérer... regardant... immobile... irresponsable... inerte... que les choses arrivent en agitant légèrement la queue de têtard. Toi ELLA, tu agitais plutôt les queues... des têtards... mais sans ma participation...

ELLA. C'est drôle de goujaterie !

AAL. Au point où nous en sommes, je résume pour conclure... un mouvement de têtards... prétendant se métamorphoser en adulte... types batraciens, des bas éboulis karstiques baignés par une lagune saumâtre, choqués par la peur du vide... pour retenir leur protecteur... invente une nomination suprême de pontife à vie !

CRUM. Tu caricatures !

AAL. En réalité... vous bavez sur mon résultat !

DÜNN. Tu simplifies AAL !

AAL. Ce résultat... qui vous fait envie !

ELLA. Tu réduis AAL !

AAL. Ce résultat qui vous obsède !

DÜNN. Tu dénigres AAL !

AAL. Ce magot qui vous fait gamberger !

ELLA. Tu exagères AAL !

AAL. Ce résultat qui par comparaison à vos néants vous taraude !

CRUM. Tu charges AAL !

AAL. Vous n'avez qu'une idée en tête...

ELLA. Une... idée ?

AAL. Le pouvoir... phagocyter les résultats et les moyens... parvenir au pouvoir... c'est le rêve accompli sans efforts... prendre le pouvoir... par tous les moyens... régner... s'inscrire dans l'Histoire… enfin !

ELLA. Pfff !

AAL. Sauf que le nommé... car moi, je n'utilise pas le charabia *mediafranglo*... je suis nommé messie à vie… eh bien ! le messie s'en moque ! Ce n'est pas mon affaire... votre élection ! Je vous renvoie d'ailleurs à l'histoire antique... car... si... pour construire mon bien... j'avais attendu pendant dix ans le conseil des passants... tels que vous... évidemment le travail n'aurait jamais été achevé... ni même commencé ! Alors, démerdez-vous !

DÜNN. AAL... c'est vrai, on t'admire...

CRUM. On t'admire toujours...

AAL. Hypocrites !

DÜNN. Et même...

AAL. Attention... la révélation...

CRUM. Et même on t'aime !

AAL. Vous êtes demeurés... est-ce possible... d'assister à cette molle overdose de sénilité séductrice batracienne...

ELLA. AAL !

AAL. J'en ai assez... je vous laisse la semaine pour vous refaire une santé. Saluts les mutants...

ELLA. AAL !

AAL. Dix ans de métamorphose pour pondre la décision... de me sacrer cacochyme suprême ! Quel grand chantier !

ELLA. AAL !

AAL. Adieu, les têtards... le messie vous salue bien !

Acte 2

Le plateau a gardé son aspect de réunion mouvementée, des caisses, des armoires, ont été ajoutées, un vélo est garé…
Des papiers, des bouteilles, des chaussures, trainent sur le sol…
Lorsque le rideau s'ouvre, AAL est en train d'éventer le dessus de la table avec son journal pour la débarrasser des miettes qui la recouvrent. Il est imperturbable, il s'assoit presque à la même place, dans la même position, il lit.

(DÜNN entre en hésitant)
(Le dialogue est en fait deux monologues : DÜNN est hésitant, inquiet, on perçoit l'émotion… AAL est sûr de lui, un peu sentencieux.)

DÜNN. Salut AAL.... tu es déjà là !

AAL. Non... c'est mon double !

DÜNN. C'est le journal du jour ?

AAL. Non... c'est celui de l'an passé !

DÜNN. Les nouvelles sont bonnes ?

AAL. Les nouvelles sont froides... l'encre est sèche...

DÜNN. CRUM n'est pas là ?

AAL. D'ailleurs, le contenu n'a aucune importance...

DÜNN. CRUM absent... Tiens ! Tiens !

AAL. C'est la taille des colonnes qui fait l'information !

DÜNN. Pourtant, il devait venir le premier...

AAL. Un journal n'a pas pour option... de dire !

DÜNN. Tu ne l'as pas vu ?

AAL. Un journaliste... pas davantage... moins il en sait... plus il en écrit !

DÜNN. C'est étrange, il m'avait téléphoné, il y a quatre jours... il voulait...

AAL. En revanche plus il en sait... moins il en écrit !

DÜNN. Il voulait que je le rencontre pour mieux présenter notre proposition...

AAL. La crainte de la diffamation sans doute... tu observeras aussi !

DÜNN. Vraiment ! Je m'inquiète...

AAL. Que le titre de journaliste... lui permet de s'arroger le droit de donner des avis sur tous les sujets !

DÜNN. Peut-être qu'il a prévenu ELLA...

AAL. Il se prend pour l'encyclopédiste !

DÜNN. Mais elle ne m'a rien dit... d'ailleurs, je ne l'ai pas vue.

AAL. Il disserte !

DÜNN. Il a certainement été retardé...

AAL. Telle une sommité !

DÜNN. Pourtant, on s'est rencontrés... quand...

AAL. Sur... l'économie !

DÜNN. Hier, non... avant-hier...

AAL. La sociologie !

DÜNN. Peut-être... il y a trois jours...

AAL. Les mathématiques !

DÜNN. À deux, sans doute... ils vont venir... avec ELLA !

AAL. La tectonique !

DÜNN. Moi aussi, j'ai déjà étudié cette idée... de te confier le pouvoir absolu...

AAL. Absolument ! Alors du haut de leurs colonnes « À la Une », ils se prennent pour des oracles... il y a même des lecteurs qui avalent leurs analyses !

DÜNN. J'ai rédigé un texte, qui précise ma position...

AAL. Ils jouent les pythies !

DÜNN. ... pour expliquer le lien entre nous...

AAL. Ils prosent, tel l'oracle croupion !

DÜNN. ... un texte court...

AAL. Ils utilisent un art dialectique passe-partout !

DÜNN. … un texte clair…

AAL. Ils préfabriquent des phrases embouties à l'emporte-pièce !

DÜNN. … un texte digeste…

AAL. Ils appliquent la même mécanique à n'importe quel thème !

DÜNN. … une synthèse…

AAL. Et hue cocotte !

DÜNN. … vers un projet…

AAL. Comme si l'analyse des thèmes était aussi simple qu'un automatisme !

DÜNN. Nous voulions de la clarté... n'est-ce pas…

AAL. Hélas, le résultat est tout autre... ici-bas !

DÜNN. Tu n'es pas d'accord. *(Soupir plaintif.)*

AAL. La réalité est tout autre… te dis-je !

DÜNN. CRUM n'est pas là... il devait être le premier... il y a déjà plus d'une demi-heure que je suis arrivé...

AAL. Seulement une idée à la fois !

DÜNN. Qu'est-ce que tu racontes ? *(Tout à coup surpris.)*

AAL. Je dis que tu n'émets qu'une idée à la fois...

DÜNN. Et alors ?

AAL. « Tiens ! Tiens ! »

DÜNN. Je ne comprends rien à ton discours...

AAL. Autre constat ?

DÜNN. As-tu pensé à notre proposition ?

AAL. … justement je regardais dans le journal, au cas où il y aurait un article jubilant ma nomination...

DÜNN. Mais c'est celui de l'an passé... sans cesse...

AAL. Tiens, tu avais entendu ?

DÜNN. Tu dénigres...

AAL. Et tu avais retenu… mais entraîné par le poids de ta pensée, tu poursuivais ton *« sot liloque… »*

DÜNN. Ce journal... ne peut pas...

AAL. Il peut... tu connais la célèbre formule d'un quotidien…

DÜNN. Tu cherches encore des détours…

AAL. … il proclame « C'est vrai, c'est écrit dans le… »

DÜNN. *(DÜNN le coupe.)* Oh ! Ça va…

AAL. Hélas !

DÜNN. Tu sais… CRUM… est un garçon sensible… il a beaucoup de cœur... ce serait grave s'il lui arrivait quelque chose...

AAL. Pourtant, il lui en a souvent manqué... de cœur...

DÜNN. AAL, tu es insensible...

AAL. Réaliste, il a déjà fait quatre infarctus... c'est bien un manque... de cœur !

DÜNN. On ne joue pas avec le cœur des autres...

AAL. C'est plutôt lui qui joue avec le sien... tu devrais lui en parler... bamboche... Bourbon... bouffées de havane... muqueuses en délire... il n'est pas mauvais... le père CRUM... dans ses spasmes !

DÜNN. Ne le traite pas ainsi !

AAL. Mais je constate... c'est son cœur... ce n'est pas le mien !

DÜNN. Oui, je suis inquiet...

AAL. Eh bien ! en voilà un qui va avoir une promotion...

DÜNN. Promotion ?

AAL. Selon votre logique... le type absent est promu. On s'inquiète sur sa santé pour la forme... ensuite on le nomme chef... ce sera une coalition de chefs !

DÜNN. Qu'est-ce que tu racontes...

ELLA. Salut, DÜNN !

DÜNN. Salut, ELLA !

ELLA. Salut, AAL !

AAL. Hola ! Sérénissima !

ELLA. Tu ne t'améliores pas… avec le temps…

AAL. *(Il lit.)* Météo : fort vent d'est, pluies, orages et contrariétés… le temps se dégrade, quelle époque !

ELLA. Tiens CRUM, n'est pas là ?

DÜNN. Voilà presque une heure que je questionne AAL... alors qu'il disserte sur la profession des journalistes… comme si l'absence de...

ELLA. AAL... sais-tu si ?

AAL. Ne faisant point tapisserie dans l'une de vos sous-sous-motions, minoritaires batraciennes inspirées…

ELLA. Tu peux traduire ?

AAL. Je ne sais pas, où est votre comparse !

ELLA. Et tu t'en fous !

AAL. Je formule un : « Je ne sais pas », qui est une réponse informative, tu la qualifies d'un « Tu t'en fous » qui est un jugement. Je réponds à ta question et tu juges mon propos... la fois prochaine, je ferme ma gueu…

ELLA. Oh ! ça va !

AAL. Si je ne réponds pas, je deviens anti... si je suis absent, je deviens sécessionniste... si je ne sais pas, c'est que je m'en fous. Il semblerait donc que le moindre acte de ma part se transforme en anathème, néanmoins, je suis promu grand commandant... paradoxal !

ELLA. C'est humain de penser !

AAL. Parce que tu appelles, cela, penser ?

ELLA. Et toi comment nommes-tu mes réponses ?

AAL. *(Il réfléchit)* Tu as des réponses abstraites, serais-tu distraite ? C'est c'la ! *« Abdistraite »*

ELLA. Absurde !

AAL. Et, tu décrètes comme vendredi dernier...

ELLA. *(ELLA coupe la conversation et va vers DÜNN.)* Bon... DÜNN... tu as une idée...

DÜNN. Sur l'absence de…

ELLA. *(Agacée.)* Mais oui enfin !

DÜNN. *(Il réfléchit un long moment, regarde de tous côtés.)* Non... aucune...

AAL. Vous êtes les champions des futures synthèses...   collégialités...   unions... coagulations... phagocytoses... *nomenklaturoses,* mais vous n'avez aucune idée du sort devenu de l'un des tiers de votre corps... pseudo coalisé.

ELLA. Tu observeras qu'il est logique que l'on s'inquiète... nous !

AAL. Tu observeras qu'il est tout aussi logique que je ne m'inquiète pas... moi !

DÜNN. Depuis dix ans nous avons des relations et...

AAL. Depuis dix ans j'ai conseillé à CRUM de boire moins de Bourbon... de bouffer moins... de baiser moins... d'arrêter de polluer avec sa fumée de Havanes. S'il ne veut pas écouter, pourquoi veux-tu que je me torture ?

ELLA. Tu es insensible... avec le peuple !

DÜNN. Orgueilleux... contre le peuple !

ELLA. Tu te crois immortel...

DÜNN. L'homme de fer...

AAL. Si le peuple, totalement *crumisé*, veut se supprimer à son rythme, c'est son affaire non. Parce que tu te charges de mes misères ?

ELLA. Tu as des misères toi ?

AAL. Comme tout le monde... mais je ferme ma gueule... je règle mes problèmes... je fais face... à la concurrence... aux marchés... aux impôts... aux administrations. Je prends les choses en direct... face à face, bugne à bugne, mais je me tais. Je ne fais pas chier le monde avec des jérémiades...

DÜNN. Parce que tu amasses des profits, insensible capitaliste...

AAL. Soupirs de batracien qui ne sait plus quoi dire ! Non mon cher, je ne coasse pas toutes les trois minutes contre l'adversité… car l'adversité vois-tu, elle me stimule… j'ai des poussées d'adrénaline pour la plier…

DÜNN. Dis-lui ! ELLA…

ELLA. On avait eu l'intention de se revoir...

AAL. Avec moi ?

ELLA. Non... moi... CRUM... DÜNN...

AAL. Cela ne fera qu'un raté de plus, en dix ans, vous les collectionnez. Un jour, sans doute, on éditera vos successives palinodies, elles porteront le titre : Annales des actes batraciens manqués. Une édition en dix volumes in-octavo... sur papier bible recyclé...

DÜNN. Monsieur fait de l'esprit... on voulait se voir avant ce jour pour mieux te proposer notre initiative...

AAL. Parce que, vous croyez que c'est une question de forme ?

DÜNN. On n'avait pas précisé les conditions...

AAL. Que j'eusse mal compris l'esprit du prolégomènes, vous obligeât à en revoir la lettre. Riboter un texte subtil aux séductions supraterrestres, aux sublimes évanescences, aux avantages de table de lois…

ELLA. Aux conditions...

AAL. Vos conditions ne m'intéressent point, elles me laissent de marbre... non c'est non... avec tout l'or du monde, je ne veux aucun titre... aucun pouvoir... aucune position...

Jadis, sous l'Ancien Régime, on achetait sa charge… à présent, la corruption est devenue

d'une telle banalité… qu'elle semble légale !
Même les têtards s'en inspire !

DÜNN. Tu es trivial AAL...

(Le téléphone sonne, ELLA prend le combiné, écoute, répond.)

ELLA. Allo !

... Oui...

... Non...

... Il n'est pas ici...

... Bien sûr... on reste encore une heure...

... Vous pouvez rappeler!

DÜNN. Qui était-ce ?

ELLA. Quelqu'un qui cherche CRUM !

AAL. Tiens. Tiens ! *(Se moque.)*

DÜNN. AAL, la ferme ! *(S'énerve.)*

ELLA. *(Distante.)* Tu as dû réfléchir AAL... tu as certainement une contreproposition ?

AAL. Non !

DÜNN. Que dit-il ?

ELLA. Il fait de l'esprit !

AAL. Je ne propose, ni n'oppose, ni ne suppose…

DÜNN. Donc, tu attends !

ELLA. AAL... tu aurais...

DÜNN. Un statut…

AAL. Diable !

ELLA. Des avantages...

AAL. Mazette !

ELLA. Des ponts...

AAL. D'or!

ELLA. Des moyens techniques...

AAL. Sûrs !

ELLA. Des pouvoirs...

AAL. Sans bornes !

DÜNN. Des médailles...

AAL. Plein la poitrine !

ELLA. La sécurité...

AAL. Sociale... je l'ai déjà !

DÜNN. Des titres...

ELLA. Le monopole absolu...

AAL. Absolu ?

ELLA. Absolument...

AAL. Rien n'est absolu !

DÜNN. Alors ?

AAL. Alors rien, je n'en veux pas de votre petite sinécure !

DÜNN. Petite sinécure...

AAL. J'ai déjà tout le menu… et je l'ai acquis par mon travail…

ELLA. Oui mais… tu entres dans l'Histoire…

AAL. Un adoubement officiel ! Et j'en sortirai les pieds en avant en grande pompe, avec fanfare. Non merci !

ELLA. Oui... mais le pouvoir de tes moyens serait transcendé !

AAL. Foutaise ta transcendance ! En réalité : sinécure... les têtards. Jadis, le pouvoir royal attribuait des charges aux têtards pour réduire leurs nuisances. Le Roi avait peur des individualistes, alors pour casser la volonté de l'ambitieux, on le nommait à une brillante situation. Le promu n'osait plus mordre la main du pouvoir qui l'avait si grassement gâté...

vous... vous renversez la situation. Ce sont à présent, les têtards qui manipulent...

DÜNN. On n'est plus à l'époque royale... la révolution...

AAL. Eh oui ! les temps ont changé, la plèbe a eu le temps de construire des rites de notaires qui codifient les sinécures...

ELLA. Tu retardes encore !

AAL. Sous l'Ancien Régime comme sous la république... sous la fleur de lis comme sous la guillotine... les pommes sont restées des pommes !

DÜNN. Tu as des parallèles...

AAL. Les hommes sont restés des hommes !

DÜNN. Tu as des comparaisons...

AAL. Les femmes sont restées des femmes !

ELLA. Tu as des raccourcis...

AAL. Des syllogismes Sérénissima... tous les pouvoirs successifs toilettent les manipulations... mais le fonds reste identique !

ELLA. Ah !

AAL. Et le résultat aussi. Sous la révolution, on raccourcissait le citoyen... à présent on spolie... au nom de la loi... mais c'est toujours le même élagage !

DÜNN. Décidément tu ne comprends rien !

AAL. Je tente de rester lucide... pour saisir le sens des mutations de vos rêveries!

DÜNN. Lucide ?

ELLA. Lucide !

AAL. Je ne veux en rien participer à vos petites manœuvres... ni sous la fleur de lis... ni sous la

lame du sieur Guillotin... ni sous la république...
ni sous votre collectivisme batracien.

ELLA. Tu auras besoin de nous...

AAL. Jusqu'à présent ai-je eu besoin de vous ?

ELLA. Peut-être pas... mais...

DÜNN. Mais les choses évoluent... on ne s'en
rend pas compte… tu…

AAL. C'est une menace ?

ELLA. Un conseil...

AAL. On veut me protéger, ce conseil, ne
serait-il pas un peu mafieux ?

DÜNN. Oh !

ELLA. Depuis la semaine passée, tu as
certainement…

AAL. Vendredi dernier, j'étais parfaitement au
clair, je n'ai rien à rajouter, je n'ai pas évalué la
proposition... ses possibles avantages... c'est
non !

DÜNN. Mais pourquoi ? Moi, si on me fai…

ELLA. Toi, on ne t'a fait aucune proposition !

DÜNN. Oui, mais…

ELLA. Tais-toi DÜNN ! *(Elle change de ton et
énonce.)* Pour la clarté de l'ensemble…

DÜNN. La répartition des charges...

ELLA. Les répartitions des compétences...

DÜNN. Les responsabilités de chacun...

ELLA. Les pouvoirs de chacun...

DÜNN. Les missions de chacun...

ELLA. L'égalité...

DÜNN. La justice...

ELLA. Avec nous, tu auras ce que tu n'as pas...

DÜNN. Que tu n'auras jamais sans nous !

ELLA. Malgré tes millions !

DÜNN. Tes capitaux !

ELLA. Tes bâtiments !

DÜNN. Tes usines !

ELLA. Tes biens !

AAL. Qu'est-ce que je pourrais avoir de plus ?

ELLA. La dimension... des décisions... des actes... des lois...

AAL. Quelles dimensions ?

ELLA. La dimension du pouvoir légal... la dimension politique… la dimension de l'histoire… tu as tout cela… à porté de main !

AAL. Vous êtes de sacrés malades... pire même... la dimension du batracien... au ventre mou... mais au pouvoir total… que lui confère la nomination et pourquoi pas un sacre à Reims vêtu d'immortalité ?

DÜNN. L'élu n'est pas seulement nommé...

ELLA. Il est au-dessus...

AAL. C'est ç'là, et vous avec !

DÜNN. Nous... nous ne sommes que des ombres !

AAL. Oui mais les ombres du messie... autrement dit : moi en plusieurs dimensions... dans un éther pacifié... totalitairement réglementé... pressuré... codifié... structuré... compacté... la politique religion du peuple, enfin... un univers mou de pouvoir batracien… dans lequel vous auriez toutes les clés… et moi le pouvoir total.

DÜNN. Tu caricatures...

AAL. Mais voilà, vous n'avez pas toutes les clefs… cet écueil vous obsède… la compromission vous échappe !

ELLA. Tu dénatures…

AAL. Ayant depuis longtemps et outrancièrement prétendu posséder le pouvoir du cœur… imposé le règne des anathèmes… castré les masses… il reste un petit pourcentage qui vous résiste…

DÜNN. Tu peux préciser…

AAL. Alors,vous décidez l'hérésie…

ELLA. Quoi ?

AAL. Tromper… en affirmant, que le financier, le manager, l'investisseur, sont les ennemis du peuple…

DÜNN. Non mais…

AAL. Pour s'aliéner les attentistes… les gogos… les autres… les tiers… les imbéciles… les petits bras… les bas du cul… les loin du ciel… les ambitieux… les grippe-sous… les médiocres… les nuls… les fainéants… les ventres mous… les indécis… les larves… les amphibiens…

DÜNN. Il déraille…

AAL. Mais voyons… prenez un seul point de vos revendications : réglementer…

DÜNN. C'est légitime !

AAL. Non c'est votre intention de pouvoir totalitaire… depuis dix ans vous tentez de pondre les textes et les règles de votre bible… prétendument unificatrice !

ELLA. Tu n'es pas pour une règle ?

AAL. Puis-je développer mon raisonnement ?

ELLA. Poursuis !

AAL. Réglementer, c'est diviser... l'être humain...

DÜNN. Ben alors...

AAL. Comme une plante, la nature humaine évolue spontanément. Et toute évolution a besoin d'espace pour croître. Il y a deux millions d'années, songe que ton ancêtre, s'est redressé sur ses deux pattes, a quitté l'Afrique pour coloniser l'espace terre… moi, toi, elle, l'autre, passent sans cesse d'un état à un autre…

DÜNN. Et alors...

AAL. Alors... jadis... tu n'étais qu'un moment de matière primaire brute... tout d'un bloc... et comme nous changeons sans cesse…

DÜNN. … ensuite...

AAL. Regarde le résultat... l'épaisseur de ta nature s'est démultipliée en millions de facettes… pour devenir ce splendide erectus homo sapien... qui raisonne... qui pense... si subtilement !

DÜNN. Et...

AAL. Tu aurais pu prévoir chez toi l'évolution naturelle de ces millions de facettes ?

DÜNN. Et...

AAL. Si tu avais arrêté l'évolution de ton ancêtre.

DÜNN. Et alors ?

AAL. Alors... il n'aurait pu évoluer vers celui qu'il est devenu…

DÜNN. Je ne vois pas…

AAL. En conclusion : tu ne pouvais pas prévoir cette évolution, il restait donc une solution à ton ancêtre, pour devenir ce que tu es…

DÜNN. J'aimerais bien savoir…

AAL. Il ne t'a pas écouté, tu es le résultat génétique d'un déviant, sinon tu n'existerais pas… et cette possibilité, tu la contestes à présent, à ceux qui veulent continuer d'évoluer… tu me crois à ce point benêt ?

DÜNN. A quoi ?

AAL. Au benêt !

(DÜNN, regarde longuement ELLA...)

DÜNN. Ce n'est pas idiot... ce qu'il dit !

AAL. Alors... si le benêt se conforme à vos règles, le peuple devient statique, il n'y a plus d'évolution possible puisque toute déviance est châtiée… dès lors, qui va créer ?

ELLA. La règle, c'est l'ordre !

AAL. C'est de l'intégrisme !

ELLA. De l'ordre !

AAL. L'ordre totalitaire !

ELLA. De l'ordre !

AAL. Toute évolution sociale est une transgression. C'est la transgression qui est le moteur de la progression. L'être doit être… libre pour s'exprimer sans limites. La règle n'est qu'une béquille… organisationnelle... fixant seulement les bases du jeu…

DÜNN. La règle, c'est le cadre…

AAL. La règle immobilise, bloque, rigidifie, codifie à jamais. Vous comme moi et tous les autres... nous sommes en mouvement... dans l'espace !

DÜNN. Justement, on trouve que tu as trop d'espace !

AAL. Tu ne pourras jamais arrêter mon évolution, tu ne pourras jamais prévoir la codification intangible des règles... l'ensemble est dynamique et tu veux…

ELLA. *(Impérative.)* La règle... tu dois respecter la règle suprême... c'est la règle !

AAL. Même si elle est fausse ! Peu importe si la capacité créatrice du quidam est sublime... unique... fondamentale... géniale même et apporte du bien au peuple !

ELLA *(Même jeu.)* C'est la règle...

AAL. Même celle d'un imbécile !

DÜNN. *(Même jeu qu'Ella.)* Avec la règle, c'est clair !

ELLA. Allo !

... oui !

... non !

... ah!

... oh !

... bien !

ELLA *(Repose le téléphone… elle devient lointaine !)* On a retrouvé CRUM… mort !

AAL. Voilà un bel exemple d'irrespect des règles !

DÜNN. AAL !

ELLA. Il avait deux trous dans la tête !

AAL. Tiens, il avait d'autres points faibles le pauvre CRUM... deux trous... c'est bien vague...

qui produit des trous ? Revolver... objet con...
et tondant... grenade offensive... lance-
roquettes... ou peut-être deux trous de
mémoire...

ELLA. Tu es sordide !

DÜNN. Qui était au téléphone ?

ELLA. Un proche... on l'a trouvé... dans le bois
où il se promenait souvent... à deux kilomètres
de chez lui... il gisait...

DÜNN. Tu l'avais vu après notre dernier
entretien ?

ELLA. Oui, dimanche matin...

DÜNN. Moi... je lui ai téléphoné lundi soir...

ELLA. Tu as un avis… AAL ?

AAL. Attendez ! Je regarde dans le journal... il
y aura un article qui retracerait notre
rencontre... et l'origine des trous…

ELLA. AAL...

DÜNN. Il a dit le bois où il se promenait ?

AAL. Le bois où il se promenait... souvent !

DÜNN. Ah, il se promenait souvent ?

AAL. Souvent dans le bois !

DÜNN. Et à deux kilomètres...

AAL. De chez lui...

DÜNN. Il était seul ?

AAL. Seul... mais avec deux... trous !

DÜNN. Il gisait !

AAL. Comment gisait-il ?

DÜNN. C'est vague...

AAL. Tu aurais pu demander...

DÜNN. Il gisait... donc, il ne se mouvait pas...

AAL. L'infarctus vaincu par les trous... thérapeutique nouvelle! *(Il ouvre le journal, le feuillette.)* Non, il n'y a rien dans le journal... en revanche la météo dit qu'il pleuvait aujourd'hui... il y a un an... mais ne dit rien pour cette journée... un journal qui se prétend si bien informé... journalisme de pacotille !

(AAL referme le journal...)

(DÜNN irrité, crie.)

DÜNN. AAL !

(AAL, irrité, crie par mimétisme avec DÜNN.)

AAL. DÜNN !

ELLA. *(Décontractée, parfaitement détachée de la mort de CRUM.)* Du calme, messieurs !

AAL. Il ne sera jamais chef... le pauvre CRUM... pourtant il avait toutes les qualités... comme moi, il était absent... sauf qu'il me différenciait sur un point...

DÜNN. Un point ?

AAL. Enfin, au moins un... il était cardiaque... c'est fatal... le souffle au cœur monte au cortex... la preuve... deux trous dans la tête !

DÜNN. Tu tournes tout en dérision... aucune compassion... aucune pitié...

AAL. C'est ç'là, la compassion totalitaire batracienne... celle qui pleure comme une punaise de bénitier et parallèlement déshumanise les foules... les soupirs des batraciens... à gros sanglots mous, c'est sublime !

DÜNN. Nous ne saurons jamais ce qu'il voulait... te proposer...

ELLA. Il avait préparé un projet...

DÜNN. Il était très avancé dans l'analyse...

ELLA. Il l'avait terminée...

DÜNN. Il pensait, que nous t'avions brusqué...

ELLA. Il avait rédigé un compromis, notre proposition était trop brutale...

AAL. La proposition était tellement brutale qu'il en est mort... deux trous... anodins...

DÜNN. Pas suffisamment étayée...

ELLA. Flou...

AAL. Le Mystère des trous... flous...

DÜNN. Il était remonté au début de nos relations...

AAL. Pour combler les trous...

ELLA. Les raisons de notre rencontre...

DÜNN. Il voulait tout comprendre...

AAL. Trou... ver !

ELLA. Analyser...

DÜNN. Mettre en lumière la structure induite de nos sublimes relations...

ELLA. Afin de mieux rédiger notre proposition...

DÜNN. La justifier en somme...

ELLA. Une proposition naturelle...

AAL. Un peu « trou... ble... »

(DÜNN et ELLA... le regardent avec rage, haussent les épaules.)

DÜNN. De cause à effet...

ELLA. Qui en découlait...

DÜNN. C'était légitime...

ELLA. Simple...

DÜNN. Clair...

AAL. C'est trou ?

(ELLA et DÜNN sont agacés, s'agitent, en colère.)

AAL. Eh bien, moi aussi je l'ai vu...

ELLA. Ah !

DÜNN. Oh merd… mais pourquoi ne l'as-tu pas dit ?

AAL. Vous m'avez demandé : « Tu as un avis ? »

DÜNN. *(Inquiet.)* … et alors ?

AAL. J'ai répondu, attendez ! « Je regarde dans le journal ». Les journalistes savent tout... dit-on... autant l'utile que l'inutile... autant le vrai que le faux... surtout l'inutile et le faux... mais là rien... le médium n'a rien dit... mon écho a fait de même… à part révéler les fausses prévisions météo !

ELLA. Bon, tu l'as rencontré oui ou non ?

AAL. N'est-ce point, ce que j'ai dit ?

ELLA. Enfin !

DÜNN. Où ?

AAL. Je l'ai rencontré... chez JOS... la brasserie...

ELLA. Quand ?

AAL. Avant-hier !

ELLA. Avant-hier ?

DÜNN. Avant-hier !

AAL. Eh oui ! avant-hier!

ELLA. Ah, et, avant-hier... et ?

DÜNN. Pourquoi?

AAL. Il voulait me voir!

DÜNN. Pourquoi ?

AAL. Je m'étonne que vous ne soyez pas informés...

ELLA. Aurions-nous dû l'être ?

AAL. C'est votre politique... vos partis... vos coalitions... vos projets... vos partenaires... vos complots... vos motions… vos stratégies… vos nominations… en général les partenaires de vos camps se consultent dans les moindres détails, pour ficeler leur horizon.

DÜNN. Si, c'est pour un mince détail... il n'y a peut-être pas lieu.

AAL. Ma nomination... un mince détail... y aurait-il eu débat ?

ELLA. Bon, si j'ai bien compris, tu l'as vu mercredi…

DÜNN. Mais puisque nous devions, nous voir aujourd'hui...

AAL. Tu es très sélectif dans tes compréhensions…

DÜNN. Si ça t'amuse… au fait ELLA... tu as dit avoir téléphoné lundi soir...

ELLA. Oui...

AAL. Et on est vendredi... soit trois jours sans relations entre vous... c'est long pour des partenaires...

DÜNN. On avait à faire...

ELLA. J'étais très prise...

AAL. Elle était éprise... moi aussi, j'étais épris lorsque vendredi dernier, je n'ai pas pu venir... aurais-je dû vous juger sur les dilatations de vos soupirs ?

ELLA. C'est de CRUM, dont on parle...

DÜNN. C'est ç'là c'est CRUM... qui est absent !

ELLA. Pourquoi l'as-tu vu ?

AAL. Nuance, il voulait me voir...

DÜNN. Vous vous êtes vus... cela revient au même !

AAL. Non parce que l'intention ne vient pas de moi...

DÜNN. Tu compliques tout AAL...

AAL. Je clarifie tout... DÜNN !

ELLA. Donc, pourquoi a-t-il voulu te voir ?

AAL. Vous avez une idée ?

DÜNN. Non...

ELLA. Peut-être pour te parler de notre proposition...

AAL. Alors, il aurait fait cavalier seul... puisque vous ne savez pas ! Voilà un mouvement qui provoque des trous ? Peut-être que ma nomination, en seconde lecture, n'était pas aussi collégiale que cela… ou alors CRUM aurait-il fomenté des projets personnels ?

DÜNN. Certainement pas !

ELLA. *(Fait un geste à DÜNN de se taire.)* Alors ?

DÜNN. Pourquoi chez JOS ?

AAL. Parce que, c'est un bar tranquille. Il connaissait tout le monde. Chez JOS, il était chez lui... Il m'a donné rendez-vous à onze heures... Je suis arrivé quelques instants avant l'heure, j'aime voir les choses encore vierges... Il y avait JOS, vous l'avez déjà vu... sa femme... Louis le Glabre... Frida, la petite salope qui fait la retape sur le boulevard... toujours aussi fardée... Il y avait Gosplan, le facteur qui vote à droite, non extrême droite... il nous a fait rire avec des histoires croquignolesques... imagine que parfois les femmes, lorsqu'il sonne, viennent ouvrir la porte en très petite tenue... et là parfois... hé ! hé ! Eh bien ! il y avait deux équipes de pétanqueurs... ils jouaient aux dés le produit de leurs paris... écluser du rouge de l'Hérault... ils m'ont invité... mais moi...

ELLA. C'est tout ?

AAL. ... le rouge de l'Hérault ce n'est pas mon cépage préféré... je...

DÜNN. ... et ?

AAL. ... et j'évite le rouge de l'Hérault...

ELLA. AAL...

AAL. ... un rouge un peu saignant... note que certains...

ELLA. On perd son temps AAL !

AAL. ... moi, je préfère le blanc !

ELLA. AAL !

DÜNN. Il s'agit de CRUM !

AAL. Sans doute... la femme de JOS nous a dit que sa sœur... non sa belle-sœur ou sa belle-mère... venait d'attraper une... un... rat... gros comme ça... si je t'assure... énorme... il se baladait dans la salle de bain... tranquille... naturellement... c'était un rat... d'eau...

(Silence.)

AAL. Bon ! ça n'a pas l'air de vous amuser...

ELLA. On parle de ta rencontre avec CRUM...

AAL. ELLA... il faut saisir le contexte... le décor... pour parvenir aux trous... Bon... puis... CRUM est arrivé... vers onze heures... cinq...

six... peut-être sept... Il a commandé un Bourbon... il ne boit que du Bourbon... non, il buvait... je ne supporte pas cet alcool... surtout avec la fumé des havanes... il les fait venir directement de Cuba… il a des relations… mais tu imagines le coût ?

DÜNN. Alors...

AAL. Alors... moi, j'ai pris un café... je sais à onze heures... sept, c'est un peu tard... mais... l'arabica est ma fleur favorite.

DÜNN. Tu fais chi… *(ELLA l'interrompt.)* AAL...

AAL. Alors, il a répondu aux questions de JOS...

DÜNN. Enfin…

AAL. La femme de JOS a aussi posé un tas de questions...

ELLA. Mais...

AAL. Mais il semblait pressé...

DÜNN. Ah !

AAL. Inquiet... même!

ELLA. Ah !

AAL. Il m'a dit...

DÜNN. Qu'est-ce qu'il a dit ?

AAL. Il m'a dit : « AAL, il faut que je te dise ! »

DÜNN. Bon... et...

AAL. Il faut que je te dise... il l'a répété une seconde fois.

DÜNN. Bon... ensuite !

AAL. Je t'assure, deux fois... cette confession... singulier non ?

ELLA. AAL, tu nous bassines...

AAL. ... « Ils veulent m'abattre ! »

DÜNN et ELLA. Quoi ?

AAL. ... il a dit très clairement « Ils veulent m'abattre ! »

DÜNN. C'est qui « Ils » ?

AAL. Vous devez le savoir... certainement mieux que moi... non ?

ELLA. Je te fais observer que nous n'étions pas présents...

AAL. La belle affaire !

ELLA. Et tu as posé la question : « Qui sont les : Ils » ?

AAL. Non !

ELLA. Pourquoi ?

AAL. Je te fais observer que je ne suis pas une fraction qui complote pour obtenir un maroquin. C'est CRUM qui m'a appelé pour me dire qu'il voulait me voir. C'est lui qui me dit : « Ils veulent m'abattre »... s'il avait quelque chose à dire en plus... il n'avait pas besoin de mes questions...

ELLA. Et tu n'étais pas curieux de savoir...

AAL. Non !

ELLA. C'est étrange...

DÜNN. Et c'est tout ce qu'il a dit ?

ELLA. Au fond, tu peux nous raconter ce que tu veux...

DÜNN. Qui peut prouver ce que tu dis ?

AAL. On peut aller chez JOS...

DÜNN. Sans doute...

AAL. On peut retrouver tous les témoins...

DÜNN. Oui mais...

ELLA. Mais, CRUM n'est plus là pour répéter ce qu'il a dit...

AAL. À moins...

DÜNN. À moins que quelqu'un puisse témoigner…

ELLA. C'est insolite d'ailleurs qu'il y ait autant de monde autour de toi. Pourquoi nous racontes-tu tous ces détails...

AAL. Je réponds à votre question !

DÜNN. Mais, pour... te justifier ?

ELLA. Cautionner ta présence ?

DÜNN. Peut-être même plus !

ELLA. Un alibi !

DÜNN. AAL...

ELLA. Je t'écoute...

AAL. Moi aussi, je t'écoute... « Ils veulent m'abattre ! » serait une légende...

DÜNN. Pourquoi pas ?

AAL. Une légende écrite !

ELLA. Quoi, et en plus il l'a écrite ?

AAL. C'est ce qu'il m'a dit...

DÜNN. Et... tu sais… où... il a…

AAL. Non... je ne sais pas où est la confession ! Mais je vous fais confiance... vous trouverez !

DÜNN. Où vas-tu ?

ELLA. On n'a pas tout dit !

AAL. Possible, mais moi, j'ai d'autres sujets à traiter.

DÜNN. Salut...

ELLA. Dégage...

DÜNN. Je te hais...

AAL. À trois, vous étiez supportable... à deux c'est la haine... je crains la suite...
ELLA. Tu n'es pas obligé de revenir...
AAL. Fuir... n'est pas dans mes habitudes... vous le savez parfaitement... je vous laisse à vos soupirs nauséeux d'intégristes batraciens montants... !

(Il sort et laisse ELLA et DÜNN… silencieux… DÜNN va vers ELLA et tente de poser une question… ELLA devient distante… elle se prépare à quitter le plateau elle est affairée…)

DÜNN. Je voudrais…
ELLA. J'ai à faire DÜNN !
(Elle sort et laisse DÜNN… décomposé, agité.)

Acte 3

Le plateau est toujours autant en désordre, on a rajouté des échelles, d'autres vélos, des outils… dans un coin des balais…
À gauche, une table, sur la table une urne…

AAL. Je le redemande : Gagneront-elles le pouvoir ?

(Il plie le journal...)

AAL. Avoir un chef de quoi ? Devant qui ? Pour quoi ?

(Il le déplie à nouveau... il se tourne vers les spectateurs.)

AAL. Vous constaterez... je suis seul... enfin presque… *(Bruits.)* est-ce plus simple… lorsque vous n'avez plus de conseillers qui s'opposent, qui vous opposent, qui proposent systématiquement le contraire...

(Le bruit reprend...)

AAL. … avec la Cour, il y a ceux qui vous poussent, vous bénissent, vous cajolent, vous aident, vous flattent, vous font la courte échelle pour devenir sous-chefs...

(Bruits bizarres.)

AAL. … avec ceux-là... c'est une délicate affaire...

(Bruits de chaises que l'on traîne.)

AAL. … ils collent... ils vous collent... des aménagements... des notes…

(Toujours les bruits.)

AAL. … puis, ils attendent la main tendue le fruit de leur flatterie...

(Un meuble qui tombe... puis c'est le silence.)

AAL. Ceux-là sont dangereux !

... ils encensent !

... ils caressent !

... ils lissent le poil !

(Il montre le journal...)

AAL. Ils s'allient avec les concierges…

... ils se complètent... dans l'outrance... la componction...

... ils copulent... avec les gazettes...

AAL. L'un prédit !

... l'autre en fait cas !

... et c'est le prédicat... en première page !

... qu'ils m'attribuent...

... ces gens me veulent tant de biens... m'entendent même penser !

... les autres... les opposants... les contestataires...

... décortiquent mes propos...

... chez eux c'est une forme de passe-temps obsessionnel... une forme de gratte misère... mais c'est lisible...

... absent, un vendredi sur dix ans et voilà qu'ils s'enflamment... jettent des mots... supputent des Bérézina...

... les coalisés, les enjoliveurs, les thuriféraires, les flatteurs... eux... délaissent mes mots au profit de mes pensées... traduites... en grosses lettres...

À tel point que souvent je ne me reconnais pas...

Ai-je pensé ces pensées passées si mal pansées ? Je réfute...

... mais, c'est ça ! Disent-ils la force de la coalition contre l'opposant. La diversité des courants génère un message... une ubiquité... une force qui transcende les mots...

Je n'y comprends plus rien... c'est leur but !

(Il fait face à nouveau au public.)

Ils prétendent...

(Il regarde son journal, change de voix et affirme... au loin on entend du bruit.)

Sauf que j'ai refusé ce marché... cloaque de batracien…

(Il scrute le journal.)

Pourquoi ?

(Il tourne les pages.)

AAL. Ce n'est pas là-dedans... Eh bien !... si... à longueur de gazette, ils disent que je favorise le pouvoir personnel à rebours du pouvoir des « nomenklaturas batraciennes »... en gros je suis individualiste... pouvoir personnel... alors que mes adorateurs proposent le contraire que j'endosse la bure lumineuse du gourou… l'immobilisme en somme.

Et je tracerai la règle à l'individu sous forme de vérité messianique… en réalité un chemin collectiviste qu'ils nomment socio-

(Entre ELLA... elle est silencieuse, elle observe AAL, qui la regarde entrer.)

AAL. Démo-

(ELLA écoute.)

AAL. … gratte. *(Il se gratte en gesticulant.)*

(ELLA va parler.)

….

AAL. C'est un peu faible... je vous l'accorde !

(ELLA... s'approche.)

ELLA. *(Toise AAL.)* Serait-ce moi qui serais faible ?

AAL. Certainement pas… je m'interroge sur... ton espace... ta mouvance... tes coalisés... tes coagulés... En attendant les absents, je salue le tiers, du Tiers-état... restant, qui arrive !

ELLA. Pff !

AAL. Tiens ! toi aussi, tu soupires ?

ELLA. Depuis quand es-tu là ?

AAL. Depuis la nuit des temps, mon ange !

ELLA. Tu ne pourrais pas faire des réponses claires...

AAL. Depuis que vous m'avez élu chef... que veux-tu... je suis *« bournetoulé »* ! C'est logique non ?

ELLA. Tu as refusé !

AAL. Oui, mais quel choc !

ELLA. Lorsque je suis arrivée, tu parlais, solitaire...

AAL. Oui, mais ton ubiquité t'ayant précédée veillait…

ELLA. Flatteur…

AAL. Cela m'arrive ! Pour répondre à ta question, je monologuai, étonné… l'émotion sans doute... ceux qui m'avaient élu... étaient soudain absents... je m'interrogeai... ma philosophie les aurait-elle effrayés... ou bien... ou bien regrettaient-ils déjà leur décision ?

ELLA. Il n'y a pas de hasard…

AAL. Si, brusquement ils prenaient conscience...

ELLA. Depuis longtemps...

AAL. Chez eux, cela m'étonnerait...

ELLA. Tu doutes toujours de ceux qui veulent ta promotion...

AAL. Vouloir le bien des autres, vois-tu, je trouve ce diktat batracien... vraiment suspect... c'est un mouvement inachevé...

ELLA. Inachevé ?

AAL. Inachevé... vouloir le bien des autres sans aucun retour... ce n'est pas naturel... que veux-tu je trouve cela... suspect !

ELLA. C'est bien notre différence… c'est pourtant bien ce que l'on a dit...

AAL. Pour le dit, vous êtes les champions... mais pour le fait, le peuple est refait.

ELLA. Dit !

AAL. Des illusions !

ELLA. Tu déformes tout !

AAL. Des prophéties !

ELLA. Tu caricatures...

AAL. Des messianismes !

ELLA. C'est fini ?

AAL. Des turpitudes, mais j'ai refusé la divination... j'en suis bien aise... depuis, la coalition est devenue bien rabougrie... est-ce l'effet de la cause ou la cause de l'effet ?

ELLA. Ne t'inquiète pas...

AAL. *(AAL tourne autour d'elle une approche de séduction.)* Mais, dis-moi… toi non plus, ça n'a pas l'air de t'émouvoir !

ELLA. L'émotion... si elle sert à quelque chose... on l'exprimera...

AAL. C'est c'là, pour l'instant, point n'est besoin de pleureuses... ce n'est pas le moment politique... je n'ai lu aucun commentaire sur la mort de CRUM...

ELLA. On conduit une enquête...

AAL. *(AAL tourne toujours autour d'elle.)* On aurait pu expliquer cette mort, en...

ELLA. Disparition...

AAL. *(Enjôleur.)* Disparition, c'est mystérieux... mort serait plus précis...

ELLA. Sans doute mais on écrira : disparition...

AAL. *(Idem.)* Plus métaphysique...

ELLA. Disparition te dis-je !

AAL. ... puis, telles ces dynasties chinoises... lorsque survenait le trépas d'un Hégémon... son successeur, réécrivait l'histoire du défunt... pour les besoins politiques du moment *(Il s'éloigne d'elle, regarde son journal.)*

ELLA. Tes références historiques...

AAL. Sont utiles... pour expliquer le temps présent. Bon, les pleureuses sont absentes pour l'instant... mais plus tard, on montera le sujet... on en fera une belle mise en scène... avec dithyrambique panégyrique... remise de médailles...

ELLA. Tu rabâches AAL...

AAL. Je m'interroge sur vos zigs et vos zags...

ELLA. À présent je me moque de tes délires...

AAL. À présent... hier... jadis... demain... sauf que ton ami DÜNN n'est toujours pas arrivé...

ELLA. Pourquoi « mon ami »... n'était-il pas aussi le tien ?

AAL. Une simple relation... un grand électeur... songe qu'il tente depuis dix ans... comme toi de m'imposer sa logique qui n'aboutit jamais...

ELLA. Avec le temps on devient intime... des camarades… même dans les contradictions.

AAL. Je préfère ami à camarade... même si je récuse ces deux labels... ni parvenir à compagnon... qui a une certaine dimension... concupiscente…

ELLA. Prétentieux... tu n'as aucune estime...

AAL. Ni pour l'intimité... je crains... tout autant vos amitiés collectivistes...

ELLA. Nos réflexions...

AAL. C'est c'la, réfléchissez... moi, j'agis... chère amie... je ne passe point mon temps à remplir le temps de perte de temps... je soigne mon juste à temps !

ELLA. Intéressant...

AAL. Depuis votre proposition... puis la disparition de CRUM... j'ai fait un retour sur nos dix ans... j'étais parti avec une bonne intention...

ELLA. Quand ?

AAL. Le premier jour...

ELLA. Et…

AAL. Mais le second jour, j'avais compris, j'ai vu fleurir et refleurir l'art des sous-motions. Au bilan, je ne trouve point de sujets qui nous ont liés...

ELLA. C'est maintenant que tu t'en aperçois ?

AAL. Non pas... mais votre cosmique proposition a cristallisé mon indifférence... je me demande comment qualifier cette vieille habitude que de se rencontrer... un tic, au fond comme on enfile une vieille chaussette... tous

les matins... par réflexe... c'est triste... indolore...
inutile...

ELLA. Tu aurais pu être un peu plus altruiste...

AAL. Tu peux développer ?

ELLA. Enfin... tu prospères sans nous… sans
partage... arrogant... distant... solitaire... secret...
au fond bizarre...

AAL. Qu'est-ce qui est bizarre ?

ELLA. Ta réussite !

AAL. La conjoncture arrive à chaque instant, il
faut savoir la saisir !

ELLA. Pff !

AAL. J'aurais des liens occultes ? Mais vous
êtes des champions dans ce domaine !

ELLA. Non, mais !

AAL. Des passe-droits ? Mais vous êtes des
modèles en cet art !

ELLA. Ah mais !

AAL. Je gère tout cela... vous, c'est du total
totalitaire que vous rêvez !

ELLA. … je !

AAL. Qui englobe le grand tout…

ELLA. … tu !

AAL. … y compris les petites méthodes
douteuses !

ELLA. *(Se met en colère.)* Nos valeurs…

AAL. Eh bien, comparons, vos valeurs… vos
laïus, tu veux dire… contre celui qui réussit à
produire de la valeur. Pour y parvenir, il y a un
comment… mais ce comment est l'antithèse
de vos synthèses… celles qui ne font que
commenter le comment des autres… et pour

cause, car vous n'avez jamais entrepris. Vous êtes plongés dans les arguties théoriques des bouquins poussiéreux de vos antiques bibliothèques qui tentent d'arrêter le temps ! A-t-on vu l'un de vous ayant travaillé dans une usine ?

ELLA. Je...

AAL. Mais vous persistez à commenter les résultats des autres... à supputer... à théoriser...

ELLA. C'est...

AAL. Vous n'avez pas échoué... depuis dix ans, vous n'avez même pas commencé. C'est d'ailleurs pour cette raison que vous aviez eu le courage, la tentation, l'hypocrisie de me nommer chef.

ELLA. Tu interprètes...

AAL. La réussite par procuration, selon le principe sans doute du partage collectif... le candidat devenu chef suprême... n'ayant plus de besoins... puisqu'il a tout... offre sa réussite aux héritiers épanouis... dispensés de transpiration...

ELLA. Il est élu...

AAL. En échange le chef a tout... il a toutes les dimensions... épicées de messianisme.

ELLA. Le texte...

AAL. *(Chante sur le mode des refrains de comptines.)* Il a tout...

ELLA. Le droit...

AAL. Il a tout...

(Il saute sur ses pieds comme un enfant.)

AAL. Il a tout... il a même l'irresponsabilité de décider en toute légalité tout ce qu'il veut... le monopole absolu du chef... droit de cuissage garanti... onction régalienne en sus... et silence de la presse aux ordres...

ELLA. Nous...

AAL. Vous n'avez rien... mais en m'élisant chef... dès lors que nous sommes liés, on partage tout... ma réussite est votre réussite, elle vous revient donc collectivement !

ELLA. Tu caricatures !

AAL. Vous tentez de produire un avenir parfait... mais comme vous échouez à chaque tentative de production... alors vous ne faites rien... depuis dix ans... il y aurait peut-être une réflexion à conduire sur vos échecs...

ELLA. Qu'est-ce qui te prouve que nous ne l'avons pas faite ?

AAL. Sans doute... mais l'analyse est fausse...

ELLA. L'analyse ?

AAL. L'analyse qui conduit à la conclusion : celle que vous avez formulée !

ELLA. Parce que tu connais la conclusion ?

AAL. Elle est évidente !

ELLA. Serais-tu si...

AAL. Intelligent ? Mais non c'est évident parce que c'est simple !

ELLA. Explique...

AAL. Comparons... nos dix ans de production...

ELLA. Comparons !

AAL. J'ai construit un empire : c'est ton mot, sur lequel tu baves ! Eh oui ! dans le même temps qu'avez-vous fait ?

ELLA. Réflexions.

AAL. Aligné des textes...

ELLA. Pensé.

AAL. Des motions, des règlements, des édits, des grèves, des prétendus combats…

ELLA. Décodé.

AAL. Des éructations stéréophoniques... des indignations de concierges... des médiatiques compassions de batraciens… des remises de médailles… là, vous êtes des champions…

ELLA. Grotesque...

AAL. Alors, brusquement... vous jetez l'anathème... sur l'entrepreneur… note le verbe : entreprendre, c'est à la fois réussir mais aussi se tromper, rectifier, immédiatement, redresser, d'adapter…

ELLA. Partial !

AAL. L'entrepreneur est égoïste, la belle affaire. Il est individualiste... prétentieux... voleur... affameur... esclavagiste... exploiteur... et suprêmement suprême : capitaliste !

ELLA. C'est vrai !

AAL. Elle le dit, alors c'est vrai ! Quelle prétention… vous êtes des opportunistes masqués d'humanisme... des carriéristes grimés d'angélisme… des attentistes.

ELLA. Tu ne sais plus…

AAL. Mais vous ne vous posez aucune question...

ELLA. Nous observons.

AAL. Vous observez depuis des siècles, les factions, les syndicats, qui prospèrent sur les grèves, et les faillites… moi, pour construire les entreprises, j'ai dû lutter contre les factions qui vous soutiennent pour gagner des strapontins, j'ai donné du travail à des centaines d'ouvriers, d'employés, de cadres…

ELLA. Prétention !

AAL. Et vous... en dix ans de motions, de papiers, de discours, combien d'emplois avez-vous produit ?

ELLA. Orgueilleux !

AAL. Incompétence... pour l'appeler par son nom... masquée de doctrines, de diktat de bureaucrate… ankylosée…

ELLA. Ce que nous serions à trois ?

AAL. Ce que vous êtes... même à trois... surtout à trois, vous vous confortez dans vos ragoûts !

ELLA. Et, il en rajoute !

AAL. Mais comme il est inconcevable d'admettre que vous êtes des parasites incapables... alors on construit l'anathème : *le patron salaud ! le financier assassin ! le capitaliste égorgeur !*

ELLA. Tu affabules !

AAL. Mais, parce que je construis... une réussite... je suis suspect !

ELLA. Je ne prétends rien...

AAL. À peine, tu suggères... tu insinues... tu répètes... tu diffuses le message...

ELLA. Explique-moi comment et pourquoi beaucoup échouent... pourquoi un si petit nombre réussit ?

AAL. Explique-moi comment et pourquoi aucun batracien ne réussit…

ELLA. Un peu brutal...

AAL. Une mise en parallèle… Je me traite de la même façon... sauf qu'avec moi... il n'y a pas de pleureuses...

ELLA. Il y a des règles...

AAL. Je fais le nécessaire... pour offrir des latitudes…

ELLA. Tu ne respectes pas le peuple...

AAL. Accusation générale et populisme batracien... le grand anathème... je lui donne du boulot... à ton peuple que tu ignores en passant ta vie en élucubrations !

ELLA. Tu te gausses des valeurs...

AAL. Le grand refrain...

ELLA. Tu ironises sans cesse sur les intentions...

AAL. L'accusation de suspicion... c'est votre tasse de thé !

ELLA. Tu t'allies à des partenaires changeants...

AAL. Accusation d'opportunisme… mais je ne vous arrive pas à la cheville !

ELLA. Oui... je suis certaine que les méthodes de ta logique sont douteuses... comme tes biens...

AAL. Ainsi soit-il… mes amis !

(Silence.)

AAL. Mais dis-moi... ELLA... où est ton petit copain DÜNN ? Cela n'a pas vraiment l'air de te préoccuper...

... Vous ratez ma nomination... par refus...

... Vous ratez la nomination de CRUM par mort subite...

... Vous allez rater celle de DÜNN par absence...

... Alors, il reste ELLA... s'il n'y en avait qu'une... elle serait celle-là !

(Le téléphone sonne... ELLA décroche.)

ELLA. Oui ! *(Très long silence au téléphone... ELLA écoute, murmure, mais ne change pas d'attitude, elle reste très froide, très calme.)*

... Bien !

(Elle raccroche.)

ELLA. DÜNN a été retrouvé mort au pied de son immeuble, il est tombé du septième étage !

AAL. Une courbe de Gauss parfaite après l'ascension, la chute... et lui qui voulait rejoindre votre septième ciel...

ELLA. Tu me fais pitié AAL...

AAL. Ne t'en prive pas... ça soulage... CRUM était cardiaque... il est retrouvé avec des courants d'air dans le crâne... chez certains les souffles au cœur montent parfois à la tête...

ELLA. AAL, tu n'es plus concerné...

AAL. DÜNN était terrien... il s'est pris pour un volatile, un pigeon sans doute... il n'a pas raté son coup ! Le vide sans appel... ou plutôt sans rappel...

(ELLA semble indifférente.)

AAL. Pour ce cher camarade, l'ascenseur social est en panne...

(ELLA hausse les épaules.)

AAL. ELLA... tu devrais faire attention... imagine CRUM, gentiment se promène dans une forêt près de chez lui... la veille, il m'avait fait part de son inquiétude, tu te souviens : « Ils veulent m'abattre ! » C'est ce qu'il a consigné par écrit... mal lui en prit... puis DÜNN qui voulait tant retrouver ce document... en toute innocence alors qu'il vient de prendre sa douche... glisse sur une savonnette, traverse les quatre cents mètres carrés de son modeste appartement, passe par-dessus la rampe... en voulant faire l'oiseau... ELLA mon petit, fais donc attention... à moins que !

ELLA. À moins que, quoi ?

AAL. Oh ! rien... je pensais...

ELLA. Tu penses ?

AAL. C'est fréquent chez moi... une coalition... qui perd l'un après l'autre, ses plus brillants sujets... des trois tiers, il ne reste plus qu'un tiers... des membres qui ont chuté de façon si tragique... si brutale... si dramatique... sans prévenir... soudain... au détour d'un instant... à la fin d'un soupir... au début d'un autre... c'est stupide... c'est triste...

ELLA. Tu n'en penses pas un mot !

AAL. De tristesse ?

ELLA. Non ce n'est pas ce que tu voulais dire...

AAL. Je suis d'accord avec toi... c'est « bouleversant »

ELLA. Ce n'est toujours pas ce que tu voulais dire...

AAL. Un message subliminal... sans doute !

ELLA. Va...

AAL. Trois si bons partenaires... qui se donnaient la main... et sans crier gare... en voilà deux qui disparaissent... les vendredis sont maudits ELLA... je t'assure maudits !

ELLA. Tu en tires avantage... hein !

AAL. Je ne tire sur rien. Mais ma pauvre fille, avant que ton correspondant t'ait informée, nous étions sur nos différences, que CRUM et DÜNN soient ici présents ou occis...

ELLA. Je te défends...

AAL. Tu m'interdis à présent ?

ELLA. De m'appeler « ta pauvre fille ! »

AAL. Mais tu es orpheline !

ELLA. Ce n'est pas tout !

AAL. Orpheline de ta coalition ?

ELLA. Je te défends de dire que DÜNN et CRUM ont été occis...

AAL. Deux trous dans la tête et une défenestration... chez moi on dit occire !

ELLA. Je t'interdis !

AAL. Mais serait-ce sérieux... ton indignation... bien... mais qu'ils soient présents ou absents... en quoi cela apporte un plus ou un moins... puisque vous avez été... à trois... à peu près nuls pour émerger...

ELLA. Tu manques d'objectivité... AAL !

AAL. Mais qu'est-ce que vous avez produit ? Pendant dix ans vous vous êtes affrontés pour savoir qui avait le plus de rouerie pour faire chier l'autre...

Vous avez gâché toutes les hypothèses qui se présentaient à vous... vous n'avez jamais rien pu saisir...

Comment puis-je tirer avantage de la mort... ou de l'absence de CRUM.

Comment puis-je tirer avantage des soupirs de DÜNN.

Et en dix ans... je n'ai même pas essayé de te baiser !

ELLA. Cela te tentait... hein ?

AAL. Mais ma pauvre fille... quand quelque chose me tente... j'élabore une stratégie... puis j'entre en campagne... tu as vu les résultats ?

ELLA. Je ne suis pas ta pauvre fille !

AAL. Mais c'est sérieux…

ELLA. Parce que, tu crois que tu aurais pu...

AAL. Mais oui j'aurais pu... tu as même souhaité ces froufrous d'alcôve... authentiquement batraciens…

ELLA. Non mais ?

AAL. Oh ! Le bel effroi ma poule ! Mais oui, c'est toi qui a convaincu CRUM et DÜNN que je sois le boss... c'est toi qui a conduit les discussions... c'est toi qui a définis les conditions... c'est toi qui a organisé la progression du débat… et c'est toi qui te retrouve seule avec le nommé !

ELLA. Le ?

AAL. Oui, l'Unique, le Pouvoir, le Summum batracien… girouette suprême !

(Ella devient hystérique... l'insulte... se met en colère.)

ELLA. Je ne suis pas ta poule ! Et je te fais observer...

AAL. Cela en prend le chemin... toi rescapée et moi messie nommé pour l'éternité... il suffirait de peu... je t'assure !

ELLA. Mesure tes propos...

AAL. Admirable, tu es l'énergie de trois en un... comme les lessives... c'est clair, c'est net !

ELLA. Arrogant !

AAL. Enfin, je vais avoir un moment d'intimité avec le dur noyau restant des coalisés...

ELLA. Prétentieux !

AAL. Je t'assure, tu fais largement cent pour cent !

ELLA. Ta morgue !

AAL. C'est sublime... l'indignation... surtout lorsqu'elle est fausse !

ELLA. Oui, je m'indigne contre ton indifférence... contre ton outrecuidance... contre tes actes injustes !

AAL. Lesquels ?

ELLA. Mais tous... tout ce que tu fais est injuste...

AAL. Attends ! je vais t'aider !

ELLA. Je n'ai pas besoin de ton aide pour avoir une position...

AAL. Mais avec des chiffres, c'est plus clair !

ELLA. Les chiffres... quels chiffres ?

AAL. On compare des chiffres...

ELLA. Quelle est l'intention cachée derrière tes chiffres...

AAL. Nos chiffres, qu'il suffit de lire…

ELLA. Et tu veux réduire l'action à des chiffres et déduire l'intention…

AAL. N'est-ce point, ce que tu demandes ?

ELLA. Absurde, donner un sens aux chiffres ! Pff !

AAL. Bien, rajoute donc une dose d'épice… pour corser… le rata.

ELLA. Tu crois qu'il suffit de pousser ton avantage pour être supérieur ?

AAL. Mais, ajoute tes paramètres… j'y consens… tu veux analyser oui ou non ?

ELLA. Tu vois, tu es incapable de mettre une valeur humaine sur une intention, tu ne te fixes que sur les chiffres… c'est froid des chiffres…

AAL. Opportunisme de circonstance… tu es incapable d'affronter une analyse… chiffrée… mais causer de valeurs… Ah ça !

ELLA. Eh bien, conduis-la ton analyse…

AAL. Merci… Ella… tu es bonne avec moi…

ELLA. Sale con !

AAL. Excellent début… depuis dix ans nous nous réunissons tous les vendredis… tu es d'accord ?

ELLA. Encore une manœuvre ?

AAL. Soit cinq cent vingt vendredis… hors années bissextiles… un calcul simple de bureau d'études !

ELLA. Tu m'agaces !

AAL. J'ai été présent tous les vendredis…

ELLA. Non !

AAL. Voici le tableau d'émargement. Nous avions décidé à quatre de tenir ce registre… dès le premier jour !

ELLA. Pfff !

AAL. Je fus absent... une fois !

ELLA. Ah ! tu vois !

AAL. Oui mais... CRUM fut absent vingt fois... DÜNN dix-sept fois... et toi...

ELLA. Ca ne prouve rien... tu fais des analyses qui ne prouvent rien...

AAL. Toi... tu as été absente... douze fois...

ELLA. Tu manipules encore... comme toujours... tu lis un tableau...

AAL. J'analyse les fondements de votre accusation.

ELLA. Oui mais mon cher... nous... Eh bien ! nous… nous avions prévenu... nous avions téléphoné... nous avions informé... avec nous on sait... on savait... avec nous c'est clair… on a des valeurs !

AAL. Des prétentions !

ELLA. Bon, tu l'as dit.

AAL. Oui, mais…

ELLA. Mais tu te prends pour qui ?

AAL. Un simple lecteur de tableau qui veut la précision, comme je le fais dans mon job... à vous trois... vous totalisez quarante-neuf fois plus d'absence que moi !

ELLA. Il y eut des explications...

AAL. Étranges... elles ne sont pas consignées...

ELLA. Il eut fallu davantage ?

AAL. Oui !

ELLA. Pourquoi ?

AAL. Pour justifier votre accusation… répondre à votre interrogatoire : « Où étais-tu, pourquoi tu es absent sans prévenir ! »

ELA. C'est vrai !

AAL. Pour une absence, vous lancez l'anathème : « Tu fais cavalier seul ! » que dire de quarante-neuf absences !

ELLA. Ce n'est pas comparable !

AAL. Je suis absent une fois soit 0,19%… qui serait plus grave que vos quarante-neuf invisibilités, c'est-à-dire 9,42%…

ELLA. Tu m'agaces !

AAL. Et… je te fais observer que je n'ai pas souvenance, avoir jeté un seul anathème sur vos manques…

ELLA. Justement !

AAL. Justement quoi…

ELLA. Parce que si tu ne nous dis rien, c'est suspect, c'est que cela t'arrange, tu veux que cela reste fortuit… c'était donc louche… nous on a prévenus !

AAL. Une seule absence serait pire que quarante-neuf !

ELLA. Exactement, à cause du sens !

AAL. Vous êtes des crétins !

ELLA. Mais il n'y a rien d'autre à décider… c'était grave… c'est très grave… ça reste grave… d'autant… qu'en plus… on a la majorité pour le dire.

AAL. Pour avoir une majorité, il faut, une élection… une majorité d'intention est égale à rien… seule une élection confirme une hiérarchie…

ELLA. Si cela t'amuse...

AAL. Vous n'avez qu'une idée en tête...

ELLA. Laquelle ?

AAL. Le pouvoir... conquérir le pouvoir... par tous les moyens... non pas le conquérir par le mérite... ça vous a effleuré un instant au tout début... mais voilà...

ELLA. Voilà quoi...

AAL. L'intention ne fait pas la dimension...

ELLA. Prétention...

AAL. Alors pendant dix ans vous avez tenté de vous allier... coalition temporaire... mort-née à peine signée... nouveau texte... nouvelle coalition... nouveau recul...

ELLA. Tu inventes...

AAL. J'observe aussi, la montée des rancœurs... des attentes... des jalousies... des attaques... des ralliements... des ruptures... certains en meurent... brutalement... y compris dans les couloirs des palais présidentiels…

ELLA. Tu caricatures...

AAL. Je comptabilisais les promotions au rythme des destitutions... les rédactions des motions au fil des sessions...

ELLA. Tu ne peux savoir...

AAL. Je sais, je n'y étais pas... je ne fais que constater les réactions... il suffit de vous regarder pour lire sur vos peaux, vos visages, vos attitudes, quelles sont les aigreurs qui remontent de vos sphincters encalminés...

ELLA. Tu délires...

AAL. Lucide ma chère lucide... pendant ce temps, j'œuvrais... je construisais... je bâtissais... je consolidais... je ne me perds pas en tarabiscotage sur vos absences… douteuses…

ELLA. Dans notre dos... tu…

AAL. Vos dos sont mous d'idéologies... si peu fiables... si versatiles... que la moindre fondation s'écroule... moi, j'annonce et je fonce…

ELLA. Tu dénigres sans cesse...

AAL. Néanmoins, je dois te dire que je lisais avec beaucoup de plaisir vos textes...

ELLA. Nos textes...

AAL. Oui, les textes que vous pondiez... manifestes... programmes... règles... propositions... pamphlets… des imaginations subtiles pour prendre le pouvoir…

ELLA. Et...

AAL. Et... le texte, écrit la veille, était remis en cause le lendemain... la création du jour allait prendre le même chemin, que la rédaction à venir... mais quelle débauche d'énergie de scribe... sublime... inutile...

ELLA. Je te hais...

AAL. Tu t'affirmes contre tous ces textes abstraits, t'opposerais-tu ? C'est nouveau… un schisme ?

ELLA. Arrête !

AAL. Votre chemin...

ELLA. Tu...

AAL. Votre chemin tortueux, elliptique, rocailleux... de plus en plus semé d'ornières... de plus en plus infructueux... de plus en plus... totalitaire...

ELLA. Je ne peux plus t'entendre...

AAL. Alors, vous imaginâtes une astuce...

ELLA. ... hein ?

AAL. ... me diviniser chef... en pensant que j'allais tomber dans la sublime trappe de la vanité batracienne...

ELLA. Continue...

AAL. Me nommer chef, en l'attente d'un triple gain. Hériter de l'empire... selon tes termes pour les profits du clan... Jouir de mes relations et parrainages sans risque... Absoudre vos turpitudes ourdies pendant vos absences. Car seul le chef a le pouvoir de l'amnistie... le tout sous couvert de voix majoritaires prétendument légales... puisque voix du peuple !

ELLA. Caricatural...

AAL. Réaliste... mais, vois-tu, je ne me sens pas l'âme d'un chef vaniteux... encore moins d'un messie écoutant le chœur du peuple qui soupire dans les marigots...

ELLA. Grotesque...

AAL. Supposons que j'eusse consenti... voyons les conséquences.

ELLA. Cela m'intéresse...

AAL. Je comprends... vous eussiez été placés sans risque à la tête d'un nœud aux multiples pouvoirs : biens, argent, leviers régaliens... avec des perspectives astronomiques.

Vous auriez joué les notaires… car il est plus facile d'acheter, lorsque l'on a les moyens que, lorsque l'on doit quémander aux financiers. Mais ce que vous auriez fait n'eût en aucun cas été ce que vous aviez conçu lors de vos prêches médiatiques… Oubliée la messianique redistribution au peuple…

Vous voilà possesseur du pactole... pourquoi partager ce que l'on a mis tant d'années à conquérir ?

Vous auriez dilapidé le magot, en un soupir... sans vous être arrêté un seul instant pour savoir, comment il fut bâti.

Car ce que vous n'avez jamais compris... c'est qu'un patrimoine se construit... avec un objectif... une méthode... une organisation... une discipline... une durée… une éthique … eh oui ! ma poule, et même une éthique.

C'est le comment faire... ça vous en êtes incapable... vous c'est la finalité qui vous intéresse, le produit final... moins l'effort... et le bien devient convoité car vous êtes incapable de le créer.

C'est le mot... vous êtes incapable de créer... alors vous réglementez... sous prétexte que ce mode permettra le partage de la croissance...

Or, ma chère... le marché ne se réglemente pas... il naît de la liberté d'action à démultiplier les besoins... il favorise l'émergence de créateurs… il offre des emplois au peuple !

ELLA. La réglementation aussi est nécessaire...

AAL. Méthode claire… liberté d'action, te dis-je ! Car vos principes de réglementation visent à spolier le bien final non à organiser l'ouverture du champ pour le créer... avec ta réglementation, tu n'as plus de latitude... de marge... c'est cette marge de liberté qui permet l'expression...

Toute la différence entre mon travail... et vos soupirs de batracien...

ELLA. Tu as terminé...

AAL. Je vais rajouter un point. Ce qui a été construit avec la dynamique de la création... vous le rabaissez au rang d'une petite somme suspecte... et par la magie de l'étatisation, vous passez de la phagocytose à la prétendue solidarité. Au passage le pactole que vous aviez suspecté d'être un magot illicite devient après transfert un bien vertueux...

C'est cela votre solidarité... un messianisme de voleurs !

ELLA. Tu as enfin terminé...

AAL. Non seulement j'ai terminé... mais je m'en vais !

ELLA. Adieu, AAL!

AAL. Adieu, ELLA!

Acte 4

Le plateau est devenu propre, mais impersonnel… les affiches délabrées ont disparu… quelques drapeaux rouges forment un bouquet, le drapeau tricolore est toujours plié, appuyé au mur. À côté du paravent, a été placé une petite estrade flanquée de deux arbres… bien maigres. Il y a toujours la table et la chaise où AAL est venu s'asseoir lors des trois premiers actes, on a rajouté deux sièges. Le plateau est triste…

(AAL entre, il porte son journal sous le bras comme précédemment, il a un instant d'immobilité, il regarde l'espace… pose son sac sur une petite table… se déplace… ELLA est déjà présente sur le plateau à la place qu'il occupait lors des trois premiers actes, mais elle n'a pas les pieds sur la table.)

AAL. Tiens, tu es déjà là ?

ELLA. Ça t'étonne ?

AAL. Plutôt… après les fatals trous d'air dans la tête de CRUM… le dernier vol spatial de DÜNN… je m'apprêtai à lire avec tristesse, l'article fort documenté de ta dissolution dans l'acide, ce qui semblait possible, naturel, logique.

ELLA. C'est de la poésie patronale ?

AAL. Nulle poésie, c'est l'exposé de l'art managérial batracien. Songe, toi occis, je fus devenu l'unique entrepreneur sans opposition… jusqu'à présent, j'étais seul, mais au milieu d'un groupe…

ELLA. Eh bien, je suis là !

AAL. Oui, tu es là… c'eût été d'ailleurs dommage… que je n'eusse plus d'opposants…

ELLA. Dommage ?

AAL. Que tu disparaisses… c'est si triste une fleur qui fane… tu es la dernière… en ton absence, qui eût conduit les futures coalitions… celles qui magnifient le combat des luttes des classes ?

ELLA. Saugrenu !

AAL. Effectivement chez vous le sot côtoie souvent le grenu !

ELLA. Ta philosophie patronale ignore les valeurs humaines des travailleurs, sauf peut-être, pour glaner d'infimes différences salariales...

AAL. La philosophie patronale rémunère la compétence. Je te confirme aussi que le patron fait la différence entre un travailleur et une travailleuse… mais vous en avez plein la gueule des valeurs humaines... que vous ne savez même plus ce qu'est la compétence.

ELLA. Bon... ensuite ?

AAL. J'étais venu récupérer mes vestiges...

ELLA. Où vas-tu ?

AAL. Je m'en vais !

ELLA. Tu ne veux pas savoir ?

AAL. Quoi ?

ELLA. Tu n'es pas curieux !

AAL. Le désir de connaissance... n'a d'utilité que pour servir une construction future... une évolution prochaine... une accession supérieure... or...

ELLA. Ta curiosité est trop sélective…

AAL. Le genre concierge me faut vomir…

ELLA. C'est un genre utile…

AAL. Remugles nauséabonds…

ELLA. Pourtant…

AAL. J'ai tendance à m'intéresser à ce qui est productif...

ELLA. Tu as tort de ne croire qu'en ta logique !

AAL. Tu conviendras qu'elle a produit quelques résultats !

ELLA. C'est un point de vue... mais...

AAL. Mais ?

ELLA. Ce qui compte ce n'est pas seulement le résultat… dit le philosophe…

AAL. La solitude te fait progresser ELLA…

ELLA. Mais la force et l'avantage…

AAL. Eh bien ! eh bien !

ELLA. Celui qui comme toi sait construire des « empires »… devrait se conduire de façon un peu moins monolithique, il doit savoir aussi modifier ses stratégies, mouvements, plans minutieux… en un mot vouloir savoir… ce que pensent ses adversaires… pour penser des alliances…

AAL. Je vais regretter de t'avoir méconnue… que devrais-je vouloir… savoir ?

ELLA. Tu aurais pu t'intéresser à nos évolutions…

AAL. Tes amis… ta coalition… tes rengaines… tes prétendues valeurs… mais je m'en contrefous… depuis dix ans, vous *conciliabulez*, sans rien produire !

ELLA. Peut-être, mais tu aurais pu te poser la question : que devient notre démarche à ton égard…

AAL. Ah !… la sublime promotion de guide… avec érection de statue… foutaise !

ELLA. Tu ne traites qu'une partie, tu aurais pu te poser la question : quant à notre position envers toi pour t'adapter.

AAL. Pour m'adapter à quoi ? Les autres ont disparu… va savoir pourquoi ? Ils ne gémissent plus… tu poursuis seule ton soupir de batracien... moi, je viens récupérer mes vestiges...

ELLA. Seulement ?

AAL. Presque !

ELLA. Ah... il y aurait une réserve ?

AAL. Une nuance...

ELLA. Je peux savoir ?

AAL. Oui... bien qu'on ne sache jamais si ce sont des constructions ou des élans manipulatoires…

ELLA. Donc, la nuance...

AAL. Infime...

ELLA. À ce point ?

AAL. Puisque tu m'y invites. Comment se fait-il que tes deux têtards ELLA disparaissent alors que tu es encore là... ?

ELLA. Tu trouves cela infime ?

AAL. Oui, je m'interroge sur votre humanité... non pas sur leur disparition mais pourquoi eux... et pas toi ? Quel courant décida que leurs disparitions fussent plus nécessaires que la tienne ?

ELLA. Tu ne crois pas aux disparitions... de CRUM et DÜNN ?

AAL. Ils ont disparu... et je m'interroge sur les coïncidences naturelles de ces disparitions... le sens... le motif... la décision en somme de disparaître... pourquoi eux et pas toi ? N'est-ce pas surnaturel ?

ELLA. L'évolution... le hasard de santé... la fatalité...

AAL. Deux trous dans le crâne pour le premier têtard... tu appelles cela des hasards de santé ?

ELLA. Tu pourrais avoir une certaine...

AAL. Un premier dernier vol pour le second têtard volatile... tu appelles cela la fatalité ?

ELLA. … compassion pour nos deux camarades...

AAL. Camarade toi-même ! Je n'utilise pas ce label... tu le sais !

ELLA. Tu vois, tu brutalises tout ce que tu touches... dans tes propos... dans tes attitudes... dans tes actes...

AAL. Il est vrai que deux trous dans le crâne et une chute libre de sept étages... c'est d'un humanisme sublime... dans le style des logiques batraciennes... vous êtes imbattables...

(ELLA se déplace... indifférente à ce que dit AAL, elle est très en valeur dans un costume de ville... elle est séduisante et passe devant AAL qui la regarde...)

AAL. Tu sais, tu es...

ELLA. Je suis…

AAL. Une belle minette !

ELLA. C'est maintenant que tu le remarques !

(Elle va vers une armoire, ouvre la porte, en tire une robe de magistrat... de juge... qu'elle pose en écharpe sur le bras.)

AAL. J'ai toujours pensé... que tu étais croquante !

ELLA. Tiens...

AAL. Mais...

ELLA. Mais ?

AAL. Je le dis, mais tu vois...

ELLA. Je vais voir…

AAL. Ta nature me semble appartenir au même ordre que votre proposition...

ELLA. Notre proposition...

AAL. Proposition de messie !

ELLA. Je ne vois pas le lien...

AAL. La séduction d'un instant...

ELLA. Et...

AAL. Te détruit, pour dix mille ans...

ELLA. Tiens !

AAL. Tu vois ELLA... vraiment... puisque nous sommes dans l'intimité... puis-je t'oser une confidence ?

ELLA. Monsieur badine !

AAL. Parfois... avec toi, j'eus des envies de franchir le sentier de la séduction...

ELLA. Et...

AAL. Et au moment... pardonne-moi... chez nous... les mâles... cet instant se traduit le plus souvent de façon mécanique... toujours par une...

ELLA. Une...

AAL. Une manifestation... proportionnelle à l'élan...

ELLA. Dominateur...

AAL. C'est le cas et la conséquence... or, chez moi au summum du solstice… mon cortex me rappelait brusquement que tu étais du grand concept batracien... et chaque fois ce rappel provoquait une débâcle... lamentable...

ELLA. Tu te répètes ! Bestial !

AAL. Ton humanité ELLA... n'est qu'un affichage opportuniste de miroirs batraciens. Le même mouvement quant à la vanité de porter un titre pour devenir le gourou intouchable... c'est du toc !

ELLA. Tu le dis depuis dix ans.

AAL. Ta séduction : c'est du parfum d'irrationnel...

ELLA. Tu n'aimes pas ?

AAL. Je fuis l'irrationnel dans ce domaine...

ELLA. Et pourtant dans l'irrationnel, tu vas être servi !

AAL. Tiens, tu as de la promotion ?

ELLA. Tu ne savais pas ?

AAL. Je n'ai rien lu dans le journal… qui concerne ta nomination !

ELLA. Les journaux… mon cher… on s'en occupe aussi ! Je viens de te dire qu'il fallait observer...

AAL. Chez vous, le responsable de l'échec est : soit promu, soit occis, mais il est remplacé par un nouveau numéro qui concurrentiellement produira les mêmes…

ELLA. Ta logique…

AAL. Oui…

ELLA. Ta logique…

AAL. Oui, celle qui produit de la valeur ajoutée…

ELLA. Ta logique…

AAL. Qui permet la redistribution…

ELLA. Oui, elle n'a plus cours, trop tard... mon ami !

AAL. Trop...

ELLA. On t'avait proposé le poste suprême... tu l'as refusé... mais le mouvement était lancé... on a trouvé une solution...

AAL. Un homme-sandwich...

ELLA. Si cela t'amuse...

AAL. Et il t'a nommée au statut que tu lui susurrais... il exporte vos soupirs... il porte votre justice... il disserte de votre humanité... il partage votre solidarité... il diffuse votre prétention sociale codifiée... en retour les déclinaisons des avantages sont de quel ordre ?

ELLA. Mais il s'indigne... il tance... il dirige... il légifère... il ironise... il critique... il jubile... il insulte... il siège... il occupe les antennes... les billettistes développent ses idées... les éditorialistes...

AAL. Il cause… et les journaux doublent leurs tirages, s'assurent des pactoles... !

ELLA. Tu peux ironiser... ils s'opposent !

AAL. Ils s'opposent à qui ?

ELLA. À tout... à tous... contre les anti... contre la finance... contre la banque... contre les contres... s'opposer, c'est renverser les rôles... s'opposer, c'est progresser... s'opposer, c'est rendre leurs voix aux citoyens... s'opposer, c'est la seule politique qui vaille... s'opposer, c'est diriger... c'est partager... AAL, le peuple aime s'opposer !

(Elle vient face à lui, le toise.)

ELLA. S'opposer, c'est exister !

(Elle est très proche de lui.)

ELLA. Et, il s'oppose à toi !

(ELLA enfile la robe de magistrat...)

ELLA. Comme aux autres !

AAL. Souvenir de la Commune... jadis...

ELLA. Sans doute...

AAL. Et sa guillotine qui ne savait plus où donner de la tête... la justice va bien à ton teint.

ELLA. Effectivement, nous avons le même climat !

AAL. L'accord parfait... jusqu'à l'unisson... belle prétention... sublime...

ELLA. Sublime... pour l'instant AAL !

(Entrent CRUM et DÜNN... tous les deux sont vêtus en policiers.)

AAL. Tiens, tiens... des plagiats, des originaux ou des clones ?

ELLA. Rien de tout cela !

AAL. Alors, seraient-ce des mitoses !

ELLA. Avant que tu partes...

AAL. Comme chacun sait… la mitose est une reproduction asexuée...

ELLA. Il semblait utile que tu comprennes...

AAL. La mitose est un phénomène primaire... une sexualité archaïque…

ELLA. Voilà longtemps, on a posé les bases de notre...

AAL. La mitose est un acte simple... monoparental en somme… l'unité d'origine se partage, se dédouble, produit deux unités... strictement semblables...

ELLA. Depuis dix ans tu n'as rien compris à l'évolution...

AAL. C'est la mitose... asexuée... notez le fait... elle a asexué la procréation... pour démultiplier les alcôves...

ELLA. On te lançait des signaux d'information...

AAL. Dans la mitose, l'être « B »... créé... est parfaitement identique à l'être « A »... originel...

La même tête...

(Il va vers les deux mitoses.)

Les mêmes membres...

(Il montre les membres.)

Les mêmes attitudes...

(Les mitoses se déplacent en chantant.)

Les mêmes messages...

(Mouvement qui montre l'ensemble.)

La mitose est identique...

(Il pointe un énorme képi grand guignolesque.)

À part le képi...

ELLA. On t'a régulièrement prévenu...

AAL. Le col...

ELLA. Expliqué... sincèrement...

AAL. ... artistement asiatique... autre authentique mitose... très loin du côté de l'Orient.

ELLA. Mais tu ne semblais ne pas vouloir comprendre...

AAL. Les mêmes mots...

ELLA. On a tenté progressivement d'élever le débat...

AAL. Les mêmes idées...

ELLA. Mais tu t'en moques...

AAL. Le même sentiment de vécu !

ELLA. On était même parvenu à un compromis entre-nous...

AAL. Le même sentiment d'entendu... dix ans... de sublimes logorrhées pour me nommer Kapo en chef…

ELLA. Exactement... te nommer…

AAL. Une mitose obsessionnelle... infinie... il suffit de couper en deux... depuis 1789... la mitose perdure... se démultiplie à l'infinie... on divise et deux autres apparaissent…

(Il va vers les deux mitoses, les palpe.)

Je me demande même...

(Il les détaille.)

Étaient-ce bien les mêmes, celles que je connus, jadis ?

(Il va vers ELLA, lui palpe la poitrine, elle ne réagit pas.)

ELLA. C'est un peu tard tes séductions AAL…

(ELLA et les deux mitoses sont face à face...)

AAL. Mais voilà... moi, je suis allergique aux mitoses...

(ELLA et les deux mitoses s'alignent.)

AAL. Cependant... la mitose possède un art... elle crée des potiches... plus tard la potiche se dédoublera elle aussi en une autre potiche qui engendrera la métamorphose de survie des têtards... dans le grand bain batracien...

(ELLA et les deux mitoses rectifient la position...)

AAL. Pour que j'accepte, il eût fallu que je me transforme en potiche... ou en têtard... j'eus le choix… la troïka me proposa la sublime potiche...

(ELLA et les deux mitoses... se rengorgent...)

AAL. Mais l'un comme l'autre, ce fut impossible !

(ELLA et les deux mitoses... pérorent.)

AAL. … ma girouette ne s'oriente pas vers les vanités messianiques batraciennes cosmiques...

(ELLA donne un document à chacune des mitoses.)

AAL. Ainsi, on va conclure la situation par arrêt du mouvement social... la succession semble assurée... c'est le célèbre et tant attendu K.O de l'histoire... une mitose remplacera une autre mitose qui succédera à une autre mitose... jusqu'à la fin des temps... ainsi soit-il de suite !

(Ils écoutent...)

AAL. Je me suis posé la question de savoir pourquoi pendant dix ans j'avais eu des relations suivies avec vous ?

(Ils écoutent...)

AAL. Mon attitude doit prendre sa source dans mon taux d'acceptabilité aux autres... une forme de compassion... sans doute de faiblesse... à votre égard !

(Pas de réactions...)

AAL. Pourtant, vous êtes tellement obtus... c'est le seul terme qui me vient spontanément au cortex... obtus... votre esprit est borné sur un schéma... d'un simple simplissime simplisme... il n'y a qu'une règle... un cadenas : le vôtre.

(Les attitudes se raidissent...)

Imposer des cadres décrétés justes... vous voulez tout niveler... c'est votre philosophie... niveler... c'est tout ce que vous savez faire...

(Quelques mouvements...)

Avec en prime... votre prétention... votre outrecuidance à détenir la claire solution du bonheur par le partage matériel...

(Ils écoutent...)

Car ce que vous niez aussi... c'est l'espace humain... votre raisonnement est essentiellement matérialiste... votre contentement est matériel... votre volonté est collectiviste...

(Silence.)

Vous ne savez même pas ce qu'est l'énergie qui permet l'évolution créatrice...

(Silence.)

Cette énergie qui catalyse qui crée des espaces, des activités, des fonctions, des emplois…

(Ils le narguent.)

Cette énergie qui donne du travail...

(Ils agitent leur bâton de policier.)

Vous ne savez que castrer l'élan... avec vos règlements qui inhibent le dynamisme. Je m'en vais... je ne veux même plus vous voir... je hais vos dix ans de soupirs batraciens qui installent le pouvoir de gérontes immobiles... du plus loin que l'on remonte... vous n'avez qu'une boussole en tête... la girouette des trahisons... calculez donc le nombre de fois que vous avez trahi... pour gagner le pouvoir ?

*(Il va vers une table... prend un sac qui était posé...
mais au moment où il va le prendre... les deux mitoses
s'interposent...)*

ELLA. Non, tu ne pars pas avec ce sac...

AAL. Il m'appartient...

ELLA. Il ne t'appartient plus...

*(AAL tente de forcer le barrage... la mitose proche sort
un revolver... énorme !)*

AAL. J'admire le courage du social et ses
ismes... ah ! Les protecteurs du peuple... sans
armes, ils chient dans leur froc, mais avec
armes, ils chient sur le froc des autres...

(AAL se recule et s'écarte du groupe...)

AAL. Bien... j'écoute !

ELLA. Avant que tu recouvres ta liberté...

AAL. Parce que, je l'ai perdue ?

*(Les deux mitoses... se mettent à rire... bêtement...
étrangement, bêtement...)*

C'est leur vraie nature ! Planqués derrière leur
chassepot, est-ce une mise en scène ? Que
nenni, c'est authentique. Je vais m'asseoir pour
assister à votre éclosion !

*(AAL fait un mouvement vers une chaise... mais les
trois autres personnages se précipitent en criant.)*

M1. Ben, voyons, un fauteuil pour monsieur…

M2. Un verre d'eau gazeuse avec de la menthe
et des glaçons…

ELLA. Et une paille sans doute…

*(Ils occupent les trois sièges disponibles qui sont sur le
plateau… l'empêchant de s'asseoir… silence… AAL
s'immobilise observe la scène… puis quand les trois
personnages ont terminé leur pitrerie, il va s'asseoir*

légèrement de trois-quarts, assis tailleur, sur une petite estrade sans doute installée pour qu'un orateur monte faire un discours…)

AAL. Quand je pense que tout a commencé à cause d'une absence sur cinq cent vingt réunions.

(ELLA... se lève... et d'un geste, elle ordonne aux deux autres de faire de même, AAL reste assis dans la même position.)

ELLA. Tu as dit que tu avais rencontré... CRUM la veille de notre entretien de vendredi...

AAL. C'est exact !

ELLA. Tu sais que nous n'avons plus revu CRUM après toi !

AAL. C'est toi qui le dis !

(Les deux mitoses font les pitres...)

AAL. Alors ?

ELLA. Alors, tu es le dernier à avoir vu CRUM...

AAL. Et alors ?

(Les deux mitoses font des grimaces... s'agitent comme des marionnettes...)

ELLA. Alors c'est suspect !

(Les deux mitoses dansent...)

ELLA. Mais ce qui est doublement suspect... c'est que tu n'as pas rencontré DÜNN...

AAL. CRUM m'avait téléphoné… DÜNN ne l'a pas fait…

M2. C'est suspect... suspect...

ELLA. CRUM te téléphone, mais DÜNN ne te téléphone pas... le lien est évident!

(Les deux mitoses se sont dressés de toute leur hauteur et toisent AAL...)

AAL. Explique-moi quel est le lien entre les attitudes contradictoires de tes deux têtards... et moi ?

ELLA. Je te fais observer que CRUM et DÜNN sont morts !

AAL. Tiens, on n'utilise plus le concept de « disparus ».

ELLA. Monsieur veut faire de l'esprit... il ne sait pas qu'il est au centre de cet assassinat...

(Les mitoses s'agitent comme des fous... ils se croient au carnaval...)

AAL. Absurde... *(AAL se lève doucement, et se dirige vers un siège… il provoque immédiatement le reflux des trois personnages vers les sièges pour empêcher AAL d'en occuper un.)*

CRUM. Non !

DÜNN. Non quoi !

CRUM. Suspect !

DÜNN. Tu vas voir !

ELLA. Tu es suspect !

(AAL se met à rire... et se dirige vers la sortie… provoquant le jaillissement des deux mitoses qui se placent entre lui et la porte… jeu de chat et souris.)

ELLA. Tu peux rire autant que tu le veux... tu es soupçonné de meurtre !

AAL. Quelles sont les preuves ?

M1+M2. *(A l'unisson.)* Et il veut des preuves !

AAL. Quel est le motif ?

ELLA. On trouvera, les éléments nécessaires dans ta participation, tu en sais plus que tu n'en dis !

AAL. Pour l'instant, vous ne savez pas ?

ELLA. Ce n'est pas l'essentiel... tu es suspect : tu es le dernier à avoir vu CRUM... tu es celui à qui DÜNN aurait dû téléphoner...

(Une mitose vient tout proche de AAL et agite un index comme le fait un adulte à un enfant.)

ELLA. Or... DÜNN ne t'a pas téléphoné...

AAL. Encore plus absurde !

ELLA. Tu es inculpé... c'est tout...

AAL. Tu sais bien que tout cela est faux !

ELLA. Il t'appartiendra de le démontrer... je suis dans mon rôle… La Garde des Lois… je suis la garante de l'équilibre de la justice. Tu devras démontrer que c'est faux... si tu le veux... si tu en as les moyens... et le temps !

(Les deux mitoses... font des allers-retours au pas cadencé... s'arrêtent au garde-à-vous... puis repartent... tournent autour de AAL...)

M1. C'est même écrit dans ton journal...

(Les deux mitoses s'esclaffent.)

AAL. Dis donc, ils font quoi tes guignols ?

ELLA. Quels guignols ?

AAL. Tes deux mitoses...

ELLA. Ces deux personnages sont des officiers de police...

AAL. Ils sont au carnaval...

ELLA. Ils sont en service, ils sont assermentés, ce n'est pas « mes » policiers, ni des mitoses... je te fais observer !

AAL. Bon, revenons aux pouvoirs conférés par ta potiche !

ELLA. N'aggrave pas ton cas AAL... outrage à magistrat... l'autorité suprême n'est pas une potiche... ça se complique pour toi !

AAL. Bien, si j'ai les moyens : de quoi ?

ELLA. Oui... si tu as les moyens !

AAL. Je peux savoir...

ELLA. Bien sûr... nous nationalisons tes productions... tes avoirs en banque... tes moyens personnels...

AAL. À quel titre ?

ELLA. Mais pour le bien de la nation... pour la bonne redistribution… pour le peuple... pour la justice...

AAL. Comment vais-je me défendre… si je n'ai plus de moyens ?

ELLA. Tu as des relations, donc, des moyens... n'est-ce pas ce que tu nous as montré... depuis dix ans ? Tes biens seront partagés... ils iront au peuple... que tu ignores... que tu exploites... que tu dénigres... qui souffre !

AAL. Il vous a fallu dix ans pour parvenir à cette solution...

ELLA. Le peuple se fout de tes remarques...

AAL. À l'aube des temps géologiques... il y avait quatre quidams... trois se tapent sur la gueule pour savoir qui est le plus con des trois : vous... un quatrième cherche et trouve des solutions : moi... Il dépose des brevets... monte un atelier... transforme des usines... exporte...

achète des branches complémentaires... crée des centaines d'emplois...

ELLA. Prétention, tu expliqueras cela à la juge...

AAL. Tiens, on sait déjà que le juge est une juge... cette juge mitose que ta potiche nommera ?

ELLA. Insultes à magistrat... AAL !

AAL. Qu'en sait-il ton timonier dans la logique de la création industrielle qui multiplie le centime de départ en millions à l'arrivée...

ELLA. Tu diras cela à la juge !!!

M2. Nous… on a une autre analyse...

AAL. Vos productions d'idéologiques... ont généré combien de milliers d'emplois ?

ELLA. Ton argumentation prétentieuse n'a aucun intérêt... exploitation du peuple, on jugera ta liturgie patronale...

AAL. Et au cours de ces dix années... à vous pilonner entre vous... je répète, vous avez donné du travail à combien de gens du peuple ?

ELLA. Question de vocabulaire... nous on dit aliénation des travailleurs...

AAL. Je te repose la question... combien de postes avez-vous créés avec vos alambics, combines et salamalecs ?

ELLA. Tu détournes le courant de l'histoire…

AAL. Tu as donné du travail à combien de gens ?

DÜNN. Mais, regarde-moi cette arrogance ! Vous parlez à la justice... monsieur !

AAL. Vous n'avez rien créé, vous avez ergoté... pendant dix ans... sur des virgules, des adjectifs, des substantifs... entretenus par l'argent public... vous produisez des motions... vous êtes des misérables... des parasites... le temps perdu pour vous n'a aucune valeur... brusquement vous constatez que de mon côté... tout à progressé... j'ai créé des milliers d'emplois... des entreprises... des acquis... des valeurs... des moyens... des richesses... subitement l'horreur de votre dénuement vous saute aux yeux...

ELLA. Tu expliqueras cela à la juge !

AAL. Je n'avais rien au départ... comme vous !

ELLA. Tu expliqueras cela à la juge !

AAL. ... suspect de meurtre... vol... c'est ça ?

ELLA. Nous, nous ne t'accusons de rien, je te le fais observer...

AAL. Ce n'est pas ce que j'ai entendu...

ELLA Non... on, doute... ton attitude est suspecte... si tu n'es pas fautif... tu prouveras que tu es innocent...

AAL. Il serait encore plus simple d'apporter la preuve de votre accusation...

ELLA. Le droit mon cher nous donne droit à cette solution... tu serais contre le droit ? Nous... nous sommes des démocrates ! On t'inculpe parce que l'on doute... et pour éviter que tes avoirs ne fuient dans des paradis fiscaux, on limite ton autonomie !

AAL. Vous n'avez aucune preuve !

ELLA. Mais cela ne sert à rien... puisque nous avons décidé... la preuve c'est à toi de la fournir... nous avons le pouvoir... le droit... et...

AAL. Et…

ELLA. Même la presse… pense comme nous… songe à ce qu'elle va pouvoir révéler !

AAL. Tartiner…

ELLA. Ton propos n'a plus aucun intérêt, on a décidé que tu étais… comment te dire…

M1. … qu'il y avait…

M2. … un…

ELLA. … très gros doute ! C'est c'la, un doute… on doute de ta bonne foi… alors on te le dit… on porte plainte… contre toi… mais on te connaît, tu as des ressources… tu connais sans doute la formule dans ce cas…

AAL. La formule ?

ELLA. Mais oui « Tu as confiance… dans la justice de ton pays ! »… nous aussi d'ailleurs, nous avons confiance en cette justice.

(Les deux mitoses sautent de joie ! Ils crient.)

M1+M2. Hosanna !

AAL. Le verdict de la potiche… mesuré à l'aune de celui qui est sur le banc !

(Les mitoses crient.)

AAL. Le verdict serait-il déjà écrit ?

ELLA. Tu commencerais à comprendre. Je te disais qu'il fallait aussi observer, écouter, entendre pour s'adapter aux aspirations du peuple… créer des alliances !

(Les deux mitoses répètent.)

M1. Un verdict… mesuré à l'aune de celui qui est sur le banc… c'est bien trouvé…

M2. Tu vois, nous possédons toutes les solutions…

AAL. Lorsqu'elles sont unilatérales... là vous êtes les meilleurs !

(ELLA... se libère de l'espace, elle s'avance seule... elle fait face à AAL.)

ELLA. Tu vois AAL... les choses sont plus simples que tu ne crois...

AAL. Simple !

ELLA. Mais oui... AAL... très simples...

AAL. Très !

ELLA. Nous sommes face à face... entre nous AAL... en dehors de tout décorum...

AAL. C'est le moment de la confession ?

ELLA. Tu as dit : « vous avez causé pendant dix ans », non, nous élaborions des solutions… et toi pendant ce temps, tu amassais comme un prédateur…

AAL. Je travaillais...

ELLA. Non, tu thésaurisais une logique différente de l'intérêt du peuple !

AAL. Je produisais...

ELLA. Tu exploitais, tu contournais les êtres, les hommes, les peuples, les frontières...

AAL. Je bâtissais...

ELLA. Tu n'as pas voulu adhérer à la souffrance des ouvriers...

AAL. Du lyrisme...

ELLA. Ton sérail produit de l'injustice !

AAL. Combien d'emplois ?

ELLA. Ce que tu penses est devenu illégal.

AAL. L'entrepreneur décide de produire... serait-ce illégal ?

ELLA. Tu es à la tête de trop de biens, trop de pouvoirs, trop de moyens...

AAL. La logique prospère...

ELLA. Sans nous... c'est suspect...

AAL. J'avais affronté les cadres…

ELLA. On aurait voulu que tu les partages avec nos règles...

AAL. Pertes de temps...

ELLA. Arrogant...

AAL. Les concurrents n'attendent pas, d'autant que les logiques de construction sont au-dessus de vos capacités de raisonnement...

ELLA. On va te casser AAL !

M1. Chic... on va le casser !

M2. Cassons-le !

AAL. Sans doute... mais... quand vous aurez tout cassé... il ne vous restera plus rien... tout aura été distribué... tout aura été spolié... tout aura été nationalisé... mais...

ELLA. Mais...

AAL. Vous n'aurez acquis aucune capacité de création...

ELLA. Nous avons le temps...

AAL. Ce n'est pas une question de temps... c'est une philosophie, une énergie, une disposition d'esprit... c'est anticiper... faire face aux organisations... aux concurrences... aux adversaires... aux contraintes... aux marchés... aux besoins…

ELLA. Nous prendrons des techniciens...

AAL. Le technicien n'a qu'une vision parcellaire…

ELLA. On mettra les moyens...

AAL. Alors pourquoi nationaliser... spolier... démembrer... puisque vous avez tous les moyens...

Vous prétendez partager le travail... soit... mais pour partager, il faudrait que ce travail existât... Comme l'erectus primaire qui s'est démultiplié en mille facettes... de même est le travail qui est produit par le marché...

Supposons que toi CRUM... né brute épaisse... tu t'aperçoives un matin que tu as envie d'étudier les mathématiques et que tu y parviennes... puis voilà qu'entraîné par cet élan, tu étudies : le cosmos, les langues anciennes, la géologie, la chimie... chaque fois tu deviens parfait, expert, compétent... alors tu domines... n'est-ce pas naturel ?

Puis, un jour tu rencontres DÜNN qui est resté encore primitivement primaire. Il te dit : ce n'est pas normal ce que tu as, tu vas partager tes savoirs avec moi... c'est la justice... la solidarité... qu'en dis-tu ?

M1. *(Inquiet se tourne vers ELLA.)* Qu'est-ce que je dois dire ?

ELLA. C'est à toi, qu'est posée la question !

AAL. Je vais te proposer des hypothèses... tu dis oui, ou tu dis non ?

M1. Ben, je dis non... moi, j'ai étudié... il n'a qu'à faire de même !

AAL. Excellent ! C'est la même chose pour le marché... le travail... il n'existe que si un CRUM l'invente... son savoir lui appartient parce qu'il l'a créé...

Vous n'avez jamais créé de travail... dès lors comment le partager...

Il reste, le vol… avec la messianique prétention de justice sociale pour convaincre le peuple...

ELLA. C'est ta logique ce n'est pas la nôtre !

AAL. Mais ma logique produit des résultats !

(Brusquement un grand silence... le débat va se poursuivre entre les trois partenaires et laisse AAL silencieux... observateur.)

M1. Ce n'est pas idiot ce qu'il dit !

M2. Cela fait réfléchir !

ELLA. Tu le répètes pour la seconde fois !

M1. On est entre-nous non ? On peut s'exprimer !

M2. Eh bien, cause !

M1. Oui mais...

ELLA. Mais quoi... on doute déjà ?

M1. On est entre-nous...

M2. Oui, on est entre-nous... tu l'as déjà dit...

ELLA. Tu doutes de quoi ?

M1. Que ce que je dise revienne contre moi !

ELLA. Ton doute est déjà bizarre... exprime-toi !

M1. Alors cela ne sera pas réutilisé contre moi !

M2. C'est vrai, il a raison...

ELLA. Toi aussi tu doutes ?

M2. Non que l'on réutilise ses propos contre lui...

ELLA. Il n'a rien formulé…

M2. Oui, mais je doute qu'il le fasse à présent...

ELLA. Bon, tu t'interroges... sur la réutilisation... sur ce qu'il pense... où sur ce qu'a prétendu AAL ?

M2. Ben... je crois bien... sur ces trois questions !

M1. Moi aussi... mais toi ELLA, tu ne te poses pas de questions ?

ELLA. Tout le monde se pose des questions !

M2. Ce n'est pas une réponse !

M1. C'est sûr !

ELLA. Alors !

(Ils regardent tous les trois AAL... qui les regarde, ne bouge pas... écoute, puis... !)

AAL. Observez !

M2. Je...

M1. Tu ?

ELLA. Ils...

AAL. La pensée batracienne en mouvement !

M2. Je pense...

M1. Que...

ELLA. Vous pensez...

AAL. Personne ne veut se mouiller !

M2. Non... nous pensons...

M1. Il a dit : « nous pensons ! »

ELLA. Eh bien, pensez !

AAL. Tel le batracien au fond de sa boue séchée, il observe, il n'ose encore exprimer son mimétisme...

M2. ELLA... tu ne penses pas comme nous ?

ELLA. Comment veux-tu que je pense comme toi, si je ne sais pas ce que tu penses ?

M1. Tu as répondu la même chose, lorsque nous avons appris qu'il l'avait rencontré chez JOS !

ELLA. Je ne me souviens pas !

AAL. Il se sécurise… il avance d'infimes touches... tâte le sol… fait quelques pas en arrière...

M1. J'étais présent !

ELLA. Insuffisant…

M1. On avait suggéré…

AAL. Il tente toujours de mouiller tous les autres...

M2. Je m'en souviens bien, on avait cadré : « on est entre-nous ! »

ELLA. Et ?

M1. Et... parce qu'il l'avait vu chez JOS...

AAL. Il se répète, il se rassure, il se protège... il ne veut rien risquer...

M2. Et... parce qu'il l'avait vu chez JOS...

ELLA. Alors !

M1. Alors... eh bien ! on... l'a... retrouvé avec deux trous dans la tête !

AAL. Puis, quand la troïka semble mûre, il énonce !

ELLA. Quel est le rapport ?

M2. Justement... parce que l'on était entre-nous !

M1. Tu ne vois pas le rapport ?

AAL. L'hésitation tactique fait partie du jeu...

ELLA. Et...

M2. Et...

M1. Et... je pense que... donc... parce que... tu vois l'idée... on a su... donc qu'on a réutilisé ce qu'on savait... pour...

AAL. Observez la difficulté... l'obscure — clarté batracienne...

M2. Faire deux trous dans le crâne... c'était peut-être...

M1. Et pourtant...

ELLA. Et pourtant...

AAL. On avance... laissons faire... l'évolution... observez !

M1. Tu avais formulé : « comment veux-tu que je pense comme toi, si je ne sais pas ce que tu penses ! »

ELLA. Et alors...

M1. Alors... j'ai envisagé...

M2. Il a exprimé ce qu'il pensait !

M1. Voilà, ce que je pensais...

ELLA. Et ?

M1. Et...

M2. Et il doute...

ELLA. Eh bien, tout le monde doute... tout le monde se pose des questions... n'est-ce pas légitime ?

AAL. Elle banalise... elle généralise... la logique batracienne, va bientôt se rassurer... pour qu'il n'y ait ni gagnant ni couillon.

M2. Tu as prétendu...

ELLA. Qu'on ne trouverait pas ce qu'il a écrit !

M2. C'est ça !

M1. Oui, c'est ça !

M2. Oui... mais !

ELLA. A-t-on trouvé ?

M1 + M2. *(Se récrient…)* Ben…

AAL. Est-ce clair ? Ce pauvre CRUM s'est pris deux trous dans la tête... parce qu'on n'a pas trouvé ce qu'il a écrit !

M1. C'est pour ça ! Les enchaînements sont...

M2. Sont...

M1. Pour DÜNN...

ELLA. DÜNN eh bien !

M2. DÜNN n'avait rien écrit !

ELLA. Qu'en sais-tu ?

(Silence des deux mitoses.)

AAL. « Le qu'en sais-tu… » voyez-vous, est la réelle cause du conflit larvé… il masque le soupçon collectif…

M1. Mais il n'avait pas rencontré AAL !

M2. Il n'était peut-être pas nécessaire de l'aider dans son vol du septième étage...

ELLA. Tu cherches des histoires ?

AAL. L'un écrit et son crâne est transformé en passoire... l'autre n'écrit pas et son ego se fracasse du septième étage...

M1. Non, mais c'est parce qu'il a dit : « Mais c'est cette logique qui produit... ! »

ELLA. Et ?

M1. Et j'ai dit : « C'est pas idiot ce qu'il dit ! » mais...

ELLA. Alors…

M1. Ca m'a rappelé le moment où il l'a rencontré chez JOS...

M2. Où nous voulions la clarté...

ELLA. Accouche, enfin !

M1. Donc, ma remarque : « C'est pas idiot ce qu'il dit ! » était réfléchie...

ELLA. Eh bien ! va au bout de ta logique !

M1. Il y a une logique ?

M2. C'est pour cette raison qu'il a soulevé le sujet de nos liens, nos relations... il a prononcé clairement : « on est entre-nous n'est-ce pas ? »

ELLA. Sans doute !

M1. *(Prend soudain de l'assurance.)* Non certainement !

M2. Sans doute, est trop faible...

ELLA. Eh bien ! certainement !

M1. Tu n'es pas assez convaincante...

M2. Ton assentiment est un peu léger...

(Les deux mitoses semblent retourner leurs vestes... alors ELLA, devient triomphante.)

ELLA. Mais assurément, certainement, parfaitement... vous avez mon accord, camarade.

M1. On a eu raison de traiter ce point... n'est-ce pas ?

M2. On affirme que ce fut nécessaire... n'est-il vrai ?

ELLA. Je vous approuve totalement. *(Dit-elle avec force autorité avec un mouvement vers eux.)*

(Les deux mitoses rassurées encadrent ELLA... ils ont chacun un revolver pointé sur elle.... et se tournent vers AAL.)

M2. Et que faisons-nous avec le...

M1. L'autre...

ELLA. Participation suspecte à deux meurtres... donc mise en examen...

M2. C'est farce, parce que nous on sait...

AAL. C'est ce que l'on vient de voir !

M1. Oui, mais avec ça, il aura du travail pour prouver son innocence...

M2. Et pendant ce temps...

M1. Nationalisation, de ses biens... mise en examen pour meurtre et vol devant le peuple...

M2. Le peuple réclame justice...

M1. C'est encore plus farce, parce que nous on sait !

ELLA. Alors... pendant ce temps... nous redistribuerons...

M2. Redistribuer... quel joli verbe...

M1. Moi... je me redistribue le grand hôtel particulier du boulevard...

M2. Ah ! non... on a partagé... toi tu auras... la résidence du nord...

M1. Et moi... je voulais... la maison de sud...

ELLA. Laquelle ?

M1. Non, celle-là est redistribuée aux retraités du syndicat qui nous a soutenu...

M1. Le Trésor... c'est pour moi !

M2. Les Industries... c'est pour moi !

ELLA. Je suppose que l'on ne me refusera pas l'Équilibre des Lois !

(Les deux mitoses hurlent.)

M1 + M2. Accordé !

AAL. Et... pendant ce temps ?

ELLA. Toi ?

M1. Lui ?

M2. L'autre !

ELLA. Tu es incarcéré !

M1. Il est incarcéré !

M2. Silence, il est incarcéré !

M1 + M2. *(Crient.)* Incarcérons !

ELLA. Mais avec tes géniales capacités... tu te défendras !

M1. Il se défendra... il faut croire en la justice de son pays !

M2. Il a dit qu'il fallait croire... à quoi ?

(Les deux mitoses se plient de rire.)

M1. Et dans cinq ans !

M2. Ou bien, plus tard !

ELLA. Tu seras libre... tu sortiras... tu recommenceras à construire un autre empire !

AAL. C'est c'la, quand vous aurez tout bouffé... je sortirai... mais c'est ailleurs que je recommencerai... sachez-le !

(Les deux mitoses haussent les épaules.)

M1 + M2. *(En cœur.)* Et nous aussi on recommencera... C'est ç'la la fin de l'histoire... !

(Ella sort, suivie des deux mitoses...)

(AAL reste seul, il regarde longuement la salle.)

AAL. Depuis les premiers temps... la même recette se recycle... ce qui est étrange... c'est que tant d'électeurs y croient encore... malgré les annales...

(Les deux mitoses reviennent avec des chaînes... ELLA suit, elle se place un peu à l'écart, elle tient un papier, elle lit.)

ELLA. Accusé de meurtres... vous êtes placé en garde à vue... jusqu'à votre procès...

(Les deux mitoses s'avancent vers AAL... l'encadrent... hésitent.)

AAL. Eh bien ! messieurs, faites votre travail !

(AAL poursuit son monologue, les mitoses hésitent, restent loin derrière AAL)

AAL. De votre part... j'eusse attendu un cri de révolte...

ELLA. Le cri de révolte... contre les pouvoirs de la finance... contre le grand capital... contre le grand patronat… le seul qui a la légitimité de le pousser... c'est le peuple !

AAL. Mais vous avez préféré entendre le soupir du batracien... celui qui fait de l'habillage et prend au passage, ses bénéfices… sans doute, une nouvelle génération verra le jour…

(Il est encadré par les deux mitoses... ELLA... replie ses papiers... prend son téléphone portable, compose le numéro.)

ELLA. Allo ?

AAL. … suivront, d'autres soupirs de batracien qui occultent... (ELLA regarde AAL... encadré par les deux mitoses et répond au téléphone.)*

ELLA. J'écoute !

AAL. … le soupir du batracien qui occulte... la voix du peuple !

ELLA. C'est fait ! Dégagez-le !

M1. Dégageons-le !

M2. Dégage !

(AAL et les deux mitoses quittent le plateau... lentement...)

(ELLA vient en avant-scène, récupère la sacoche.... regarde l'objet, s'adresse à la salle.)

Dix ans d'attente, c'est long... on a bien failli le rater !

(Elle saisit la sacoche.)

À présent, cinq ans... ce temps est bien court...

(Elle se retourne, une affiche se déroule lentement. Une silhouette, un simple trait noir sur fond blanc... sur lequel, n'est rien écrit.)

ELLA. D'ici-là... il faudra faire preuve de beaucoup... d'imagination.

(Elle quitte le plateau, au moment de disparaître, elle ajoute.)

ELLA. Mais... nous n'en manquons pas !

Rideau... batracien... évidemment.

Lecteur…

Une dernière information.
Harmas est un nom de plume.
Il rayonne dans la belle langue provençale, encore parlée par quelques contadins dans la région du Comtat Venaissin du côté d'Arausio.
Harmas est une friche que le paysan laisse dans ses terres pour qu'insectes, oiseaux, petits mammifères, serpents, lézards, gastéropodes, bref toutes vies, viennent nicher.
L'harmas n'est pas un lieu stérile, mais un espace d'attente ou la création est en gestation, elle émergera lorsque l'évolution sera accomplie pour éclore.
Harmas illustre parfaitement ma philosophie de création.

Adessias…

Harmas.

© 2016, Alain Harmas

Edition : Edition : BoD - Books on Demand
12/14 rond-point des Champs Elysées, 75008 Paris
Impression : Books on Demand GmbH, Norderstedt, Allemagne
ISBN : 9782322010004
Dépôt légal : juillet 2016